KB213738

서툰 하루를 보낸 당신에게

보내는 작은 위로

그녀가 말했다

아직 끝나지 않은 이야기

김성원 **지음** | 밤삼킨별 **찍음**

indigo
Story and made

추천의 글

그렇게 다들 아픔을 견디고 있었다. 누군가는 아팠고, 누군가는 너무 지쳤고, 누군가는 세상을 떠났다. 하지만 우리는 매일 밤 하루 중 가장 많은 말을 나눴고, 많이 웃었다. 그리고 새로운 밤이 찾아오면 당연한 듯 그 자리에 모였다. 가족보다 더 가족 같은 사람들⋯⋯ 〈라디오 천국〉. 소란스런 건배와 몇 장의 기념사진으로 우리의 밤은 어느새 끝났다.

그런데 이번은 좀, 아니 많이 이상하다. 이 낯선 밤에 뭘 해야 할지 몰라 허둥대는 내가, 우리가 유난히 쓸쓸하고 이젠 애써 약속을 해야만 서로의 안부를 확인할 수 있게 된 얼굴들이 유난히 그립다. 얼마 전, 성원이 누나가 특유의 콧소리로 『그녀가 말했다』두 번째 책이 출간된다고 전화했을 때 꼭 긴 휴가를 마치고 당장 내일 밤이라도 스튜디오에서 모두 모여 시답잖은 농담 따먹기나 하고 야한 얘기 하면서 웃고 있을 것만 같았다. 난 낙엽인데. 이러면 안 멋진데⋯⋯ 알고 보니 젖은 낙엽이었나 보다. 치우려 노력해도 이번엔 잘 떨어지질 않는다. 닭살 돋아 이런 말 잘 못하겠는데 이번엔 하고 싶다.

"만일 〈유희열〉이라는 코미디 영화가 있다면 누나는 함께 일하는 직장동료A가 아니고 라스트 씬에서 망가지면서 함께 웃고 있는 내 인생의 소중한 동반자로 나올 거야. 아마도 여우조연상은 누나 차지이지 싶어. 누난 정말 끝내주게 웃기거든."

3년 7개월 동안 나랑 연애해준 '그녀가 말했다'의 그녀에게 고맙고 그리고 무엇보다 나의 언어가 되어준 누나, 김성원 작가. 정말정말 고마워!

_ KBS 2FM 〈유희열의 라디오 천국〉 DJ, 뮤지션 / 유희열

〈라디오 천국〉 월요일 코너 '라비앙 호즈'를 마치고 차에 타면 늘 '그녀가 말했다'가 시작되곤 했다. 어떤 날은 읽고 싶은 책을 다시 표시하게 했고, 어떤 날은 있지도 않은 사랑하는 사람이 그리웠고, 또 어떤 날은 잊고 있던 영화대사를 확인하기 위해 차에서 내려 후다닥 뛰어올라와 컴퓨터를 켜고 옷도 갈아입지 못한 채 눈이 벌게지도록 영화를 봤던 날도 있었다. 매주 월요일 '라비앙 호즈'에서 시끄럽게 깔깔대고 웃고, 악마 DJ에게 말려 청취자에게 마지막 인사도 하지 못한 채 라디오 부스를 나와서 들어야 했던 '그녀가 말했다'. 정갈한 남자가 그토록 원하던 그 탐나는 원고를 유희열 따위가 읽는 게 참으로 부러워 '다음 주에는 좀 더 자중해야겠다.'며 눈물로 다짐하던 그 밤이 떠오른다. 참으로 잊고 싶지 않았던 그 감성을 잊고 있던 어느 날, 조용히 그녀가 말했다.

_ 뮤지션 / 정재형

〈라디오 천국〉의 2부가 시작되면 늘 그렇듯 무심하게 말하기 시작하는 그녀는 언제나 내 추억의 매듭, 일상의 거울, 상상의 날개였다. 인문학적 감수성과 지성을 갖춘 그녀와의 대화는 항상 설레는 일이었고, 그녀는 심지어 많은 날들의 2부 선곡 방향을 바꿔놓는 마성의 여인이기도 했다. 아…… 이렇게까지 날 흔들어 놓은 여인이 있었던가? 이제 〈라디오 천국〉이 끝나고, 더 이상 새벽 1시가 되어도 그녀는 말하지 않지만 다행스럽게도 그녀의 이야기가 고스란히 글로 남았다. 이 책을 읽는 건 내겐 아마도 아름다웠던 나날에 대한 그리움의 표현이자 기억을 위한 의식이 될 것 같다. 기억하고 그리워하는 것이야말로 누군가를 영원히 살게 하는 유일한 방법이라 믿기에.

_ KBS 2FM 〈유희열의 라디오 천국〉 PD / 윤성현

THANK YOU

라디오와의 첫 만남은 초등학교 여름방학 때, 어머니가 들으시던 라디오 프로그램을 옆에 쪼그리고 앉아 듣기 시작하면서부터였다. 라디오에서 들려오는 음악의 제목을 받아 적으면서 학창시절을 보냈고, 세월이 흘러 방송작가가 되었다. 나는 지금도 라디오를 들으면서 새로 알게 된 음악의 제목을 받아 적는다. 하지만 가끔 이런 의문이 든다. 다른 사람들은 왜 라디오를 듣지? 인터넷으로 공짜로 음악을 들을 수 있고, 라이브 동영상도 얼마든지 볼 수 있는데, 왜 라디오를 들을까.

얼마 전 공연을 보러 갔을 때 있었던 일이다. 교향악단의 한 여성연주자가 연주가 끝나자마자 울먹이더니 울음을 터뜨리고 말았다. 음악이 너무 아름다워서 감동을 억누를 수 없었던 것이다. 그 모습을 본 지휘자의 눈에도 눈물이 살짝 어렸고, 앞자리에 앉아 있던 나도 마찬가지였다. 객석에 있던 모든 사람들이 그 순간 같은 것을 느꼈을 것이다. 라디오도 마찬가지다. 라디오에서 좋아하는 노래가 나오면 혼자 음악을 들을 때와는 다른 감동을 느끼게 된다. 라디오에서 누군가의 사연을 들으면 그 사연을 보낸 사람의 인생을 같이 경험하게 된다. 라디오의 진행자가 자신의 이야기를 하면 그 사람이 가깝게 다가와 '아는 사람'처럼 느껴진다. 같은 라디오 프로그램을 듣는 사람들 사이에는 공감대가 형성된다. 감정의 전염에 의해 소속감이 만들어지는 것. 이

것이 내가 생각하는 라디오의 매력이다.

생방송 중에 실시간으로 올라오는 사연들을 모니터로 보는 것은 나와 진행자의 몫이었다. 그렇게 사연을 보고 있으면 그 사람이 서울에 있든지 아니면 지구의 반대편에 있든지, 같은 시간을 공유하고 있다는 느낌이 들었다. 청취자들의 재치 있는 이야기, 또는 진심이 담긴 이야기들이 프로그램의 원천이 되어주었고 새벽까지 일해야 하는 우리 스태프들을 지치지 않게 해주었다. 라디오 프로그램의 숨은 스태프들은 청취자들이다.

『그녀가 말했다』 첫 번째 책이 세상에 나오고 난 후, 몇 가지 변화가 생겼다. 가장 큰 뉴스는 〈라디오 천국〉이 청취자들의 뜨거운 사랑 속에 대단원의 막을 내렸다는 사실. 1세기에 한 번 나올까 말까 한 탁월한 진행자 유희열 씨를 비롯한 재주 많은 스태프들은 더 이상 방송을 준비하면서 배달 도시락을 먹지 않게 되었고, 생방송 중에 떡볶이를 사이좋게 나눠먹는 것도 더 이상 할 수 없게 되었다. 3년 반 이상의 시간 동안 저녁을 같이 먹던 친구이자 식구 같던 이들이 각자 따로 밥을 먹게 된 것이다. 다들 밥은 잘 드시고 다니는지 궁금하다.

개인적으로 가장 큰 변화는 병상에 계시던 어머니가 세상을 떠나셨다는 것이다. 방송을 통해 소식을 듣고 고인의 명복을 빌어준 모든 분들에게 다시 감사드린다. 긴 세월 간병을 하면서 실존적인 고민을 상대해야 했지만, 어머니가 떠나시던 날 분명하게 깨달았다. '나는 그동안 어머니와 가장 특별한 순간을 보냈다.'는 사실을.

당연하게도 이 책은 수많은 분들의 도움으로 만들어졌다. 어떤 에피소드는 청취자들의 사연이나 청취자들의 SNS에서 본 이야기에서 아이디어를 얻었다. 만일 책을 읽다가 '이건 내 이야기 같은데?'라는 생각이 든다면, 그것은 여러분의 이야기이다. 다시 한 번 말씀드리지만, 자신의 이야기라고 믿는 순간, 그 이야기의 주인공은 여러분이다. 내가 작가라는 직업을 갖게 되어서 가장 기쁜 순간 중에 하나가 '이건 마치 내 이야기 같군요.'라는 반응을 접할 때이다. 마법 같다. 내가 만들어낸 이야기가 다른 사람에게 공감을 줄 수 있다는 사실이 늘 신기하게만 느껴진다. 또 '책을 읽고 어려울 때 힘이 되었어요.'라는 이야기를 들으면 고마워서 어쩔 줄을 모르겠다. 자신의 글에 대한 회의와 끝없이 싸워야하는 작가에게는 가장 큰 응원이 된다.

천부적인 진행솜씨와 인간적인 매력을 같이 지니고 있는 DJ 유희열 씨와 '라비앙 호즈'가 배출한 글로벌 음악요정 정재형 씨, 그리고 KBS FM의 미모수준을 책임지고 계신 발선곡의 대가 윤성현 PD는 프로그램을 통해 부족한 나를 채워준 것으로도 모자라 과분한 추천의 글을 써주셨다.

마지막으로 유럽으로 날아가 감성이 가득한 사진을 정성껏 찍어 오신 밤삼킨별 김효정 씨에게 진심으로 감사를 드린다. 이번에도 김효정 씨의 사진들이 책을 아름답게 만들어 주었다. 황송하고 고맙게도 『그녀가 말했다』의 두 번째 책을 출간하겠다고 제안해주신 인디고 출판사와 감각적인 편집인이 없었다면, 나는 지금 이 글을 쓰지 않았을 것이다.

라디오 작가 김성원

CONTENTS
차례

보통날

지난날

우리의 날들

PROLOGUE

라디오 천국

그녀가 말했다.

"내가 자주 경험하는 텔레파시가 있어.
라디오에서 내가 듣고 싶어 했던 음악이 나오는 거."

라디오를 듣다 보면 좋아하는 음악이 나올 때가 종종 있다.
요즘은 음악이 듣고 싶으면
언제 어디서나 인터넷을 통해 들을 수 있지만
이런 스마트한 시대에도 마법이 존재한다.
음악을 따로 신청하지도 않았는데도
라디오 디제이가 내가 좋아하는 노래를 틀어줄 때의 기분이란.

"참 이상하지? 내가 CD를 갖고 있을 때도 그래.
CD 플레이어에 CD만 꽂으면 들을 수 있는데도,
라디오에서 나오면 더 반갑고 좋잖아. 안 그래?"
그녀의 얘기에 친구도 고개를 끄덕였다.
"네 말처럼 텔레파시가 통한 기분이 들어서 그렇지.
내가 좋아하는 음악을 다른 사람도 좋아한다는 걸 알게 되면
기분이 좋을 수밖에."
좋아하는 음악이 라디오에서 흘러나오면
그것은 더 이상 자신만의 음악이 아니다.
방송을 듣는 다른 사람들과 같이 듣게 되니까.
그것이 라디오의 매력 중 하나이다.

어떤 음악이 흘러나올 때

세상의 반대편에 사는 사람도 들을 수 있고,

오래전 연락이 끊긴 옛 친구도 들을 수 있다.

우리들은 멀리 떨어져 서로의 얼굴조차 모른 채

같은 시간에 같은 음악을, 같은 감정을

공유하는 것이다.

그녀는 라디오에서 마음을 사로잡는 음악을 듣게 되면

곡명과 뮤지션 이름을 메모해두곤 했다.

그리고 시간이 날 때마다 그 음악들을 다시 찾아들었다.

그런다고 해서 토익 점수가 올라가는 것도 아니고

이력서에 쓸 말이 더 생기는 것도 아니었기 때문에

누군가가 왜 그렇게 열심히 하냐고 물으면

대답할 말이 없었다.

음악을 듣는 데는 목적이나 보상 같은 것이 필요하지 않았다.

그 자체로 순수한 기쁨이었으니까.

만일 하늘에 천사가 있다면

그들은 여가 시간에 라디오를 듣고 있을 것이다.

보통날

앞에 놓여 있는 길이 어디로 향하는지 모를 때에도
아니 그렇기 때문에
길을 떠나는 사람들은 즐거울 수 있다.

그러니 신발 끈을 매자. 급한 걸음에도 풀리지 않도록.

행복을 사는 방법

그녀가 말했다.

"행복을 살 수 있을까?"
"아니. 난 영원히 그렇게 믿지 않을 거야."

어쩌면 그것은 믿음의 문제인지도 모른다.
아니면 자존심의 문제일까.
행복을 돈으로 살 수 있다고 생각하는 건
내 자존심이 허락하지 않았다.
적어도 인간은 물질적인 욕구만 충족되면 행복해지는 존재로
설계되지는 않았을 것이다.
그렇게 믿고 싶었다.

그녀는 나에게 책에서 읽은 이야기를 해주었다.
"그런데 잘 들어봐, 행복을 사는 방법도 있다고 하거든."
그리고 그녀는 그 방법을 말했다.
사람들이 느끼는 행복 중에는
새로 나온 가전제품을 살 때 느끼는 쾌감도 있고
새로 산 휴대전화의 첨단기능을 익히면서 얻는 즐거움도 있다.
하지만 대개의 물질적인 만족감은 지속시간이 너무 짧아서
금방 다른 물건으로 관심이 옮아간다.

그러니까 물질에 대한 욕구는 곧 탐욕으로 바뀌기 쉬운 것이다.

그것은 행복과는 다른 길이다. 그런데 자신을 위해 물건을 사는 대신

인간관계를 위해 돈을 쓰거나 경험을 사는 데 돈을 쓰면

그 효과가 훨씬 오래 지속된다.

예를 들자면 이런 제안이 있다.

'만일 천 원이 있다면 엽서를 사보자.'

그 엽서에 손으로 글씨를 쓰고 우표를 붙여서 우체통에 넣으면

그것을 받는 사람과 특별한 추억을 공유하게 된다.

엽서를 쓰는 방법처럼, 다른 사람과의 관계를 위한 일에 돈을 쓸 때

사람들은 자신을 위해 돈을 쓸 때보다 훨씬 더 행복해진다.

그리고 '배우기'라는 방법이 있다.

'만일 십만 원이 있다면 기타나 피아노 같은 악기 레슨을 받아보자.'

음악을 좋아하는 사람에게는 악기 연주만큼 좋은 것이 없다.

만일 음악에 관심이 전혀 없다면 자신이 좋아하는 언어를 선택해서

어학원에 등록하는 것도 좋다.

언어를 배우면서 다른 문화에 대한 이해를 키우면

다른 세상을 엿보게 되는데 이것은 꽤 신선한 자극이 된다.

그리고 만일 조금 더 투자를 할 수 있다면

이국적인 나라로 여행을 하거나 국내여행을 떠나는 것도 좋다.

여행을 통해 새로운 경험을 사는 것만큼 좋은 투자는 없으니까.

행복해지기 위해서, 행복을 발견하기 위해서,

꼭 베니스나 융프라우 같은 세계적인 명소에 가야 하는 것은 아니다.

여행은 장소의 문제가 아니라 흐름의 문제니까.

삶의 흐름을 바꾸는 것이 여행이다.

여행의 의의는 '일상을 잠깐 멈춘다.'는 것에 있습니다.

만일 여러분이 직장인이라면, 대개는 매일 아침 6시에 일어나서

8시까지 회사에 도착하고 그 후에는 퇴근할 때까지 책상 앞을 지켜야 하는

판에 박힌 생활을 할 겁니다.

아무리 청소를 열심히 해도

책상 위에는 그날 분량만큼의 스트레스가 쌓여 있겠죠.

하지만 여행을 가면 그 반복되는 과정이 딱 멈추게 됩니다.

즉, 새로운 인생을 살게 되는 거죠.

우리는 직장인이나 학생이 아니라 여행자가 됩니다.

또 행복해지고 싶다면, 꼭 필요하지 않은 물건을 사는 대신

보고 싶은 친구에게 전화를 걸어 불러내세요.

그리고 그 친구에게 세상에서 가장 따뜻한 한 끼의 식사를 사주세요.

좋아하는 사람과 저녁을 같이 먹는 것만큼 좋은 일이 또 있을까요.

지금 누군가가 여러분의 전화를 기다리고 있을 거예요.

오늘의 리스트

그가 말했다.

"우리는 왜 별로 하는 일도 없는데 매일매일 바쁠까?"

"그건 진짜 바쁘기 때문이지. 내가 설명할 테니까 잘 들어봐."

그녀는 이렇게 운을 떼고 노트를 꺼내서 이런 리스트를 적기 시작했다.

아침에 알람을 끄고 최대한 버티는 데 걸리는 시간 : 매일 15분~1시간

버스나 지하철을 타기 위해 기다리는 시간 : 매일 1시간

약속에 늦는 친구 기다리는 데 걸리는 시간 : 매일 1시간

'수업 듣냐?'와 같은 중요하지 않은 문자 메시지를 주고받으면서 보내는 시
간 : 매일 1시간

스팸 메일과 스팸 문자를 보고 짜증내고, 그 후에 처리하는 데 걸리는 시간 :
매일 30분

인터넷에 접속해서 화제의 검색어에 낚여서 보내는 시간 : 매일 1시간

인터넷에 접속해서 필요한 정보를 찾으려다가 샛길로 새서 쇼핑몰에서 부지런히 장바구니를 채우느라 보내는 시간 : 매일 1시간

그 장바구니는 그대로 둔 채, 다른 쇼핑몰에 가서 가격비교하는 데 걸리는 시간 : 매일 30분

도서관에서 반경 100미터 이내에 커플이 없는 자리를 찾는데 걸리는 시간 : 매일 30분~1시간

우물쭈물하다가 허탕치는 데 걸리는 시간 : 매일 2시간

만일 10년 후에 독립하게 되면 원룸 인테리어를 어떻게 할까 상상하면서 보내는 시간 : 일주일에 1시간

동호회 모임이 끝나고 난 후에 모임장소에서 나와서 2차로 어디를 갈까 정하지 않은 채 "거리에 선 채로" 갑자기 터진 '폭풍잡담'을 나누느라 보내는 시간 : 일주일에 1시간

그녀가 노트에 조목조목 적는 모습을 보고 그는 감탄했다.

"넌 어떻게 이런 걸 빨리 생각해내니?"

그녀는 대답했다.

"난 리스트 마니아야.

지금처럼 온갖 리스트를 작성하면서 보내는 시간, 매일 10분."

그녀가 작성한 리스트에 따르면,

매일 10시간에 가까운 시간이

손가락 사이로 빠져나가는 모래처럼 스르르 사라진다.

만일 우리가 바쁘지 않다면, 정말 이상한 것이다.

한 발짝 떨어져서 생각해보면,

시간낭비 습관들은 시간을 허비하기 위한 것이 아닙니다.

만일 여러분이 '스펙'을 쌓기 위한 공부를 해야 하는데

책장에 꽂혀있던 에세이집을 차례로 뒤적거리거나

황혼에서 새벽까지 미국 드라마를 봤다면,

지금 당장은 시간을 낭비하는 것처럼 보일 수도 있을 겁니다.

하지만 시간을 허비해가며 익혔던 잡다한 경험과 기술들이

친구를 만나는 데, 동료를 이해하는 데, 또 일을 추진하는 데도

큰 역할을 한다는 걸 언젠가는 알게 될 거에요.

우리의 인생은 잡다한 것에 관심을 두고 샛길로 자꾸 빠지는 과정,

즉 시간낭비 속에서 풍부해지거든요.

도서관 휴게실에서 폭풍잡담으로 시간을 보내거나

MP3 플레이어에 담을 노래를 찾느라 시간을 보내는 것은

모두 내일을 위한 저축일지도 모릅니다.

지름길만 골라서 찾아가는 인생은 내공이 '안 생겨요.'

ORDINARY
DAYS

03.

꽃이 피고 꽃이 지고

그가 말했다.

"오랜만에 쉬는 일요일이어서,

어제 아파트 화단에 핀 꽃을 찍었어. 볼래?"

그가 그녀에게 내민 노트북 안에는

하얀 목련꽃이 활짝 핀 사진들이 들어 있었다.

그녀는 그의 사진들을 한 장씩 넘기면서

'이래서 내가 이 사람을 좋아하는구나.'하고 생각했다.

"나는 개나리, 진달래도 좋고, 벚꽃도 좋고 목련꽃도 좋아.

아니 특별하게 싫어하는 꽃은 없는 것 같아.

이 세상에 꽃을 싫어하는 사람도 있을까?"

그런데 그는 그녀의 말을 듣더니 이렇게 말하는 것이었다.

"꽃을 싫어한다기보다 꽃을 봐도 아름다움을 못 느낄 수는 있겠지.

나 고등학교 다닐 때 집안이 갑자기 어려워졌어.

아버지가 구조조정 때문에 회사를 그만두셨거든.

지금도 기억나.

집 안에 모든 불을 다 켜도 집이 밝아지지 않았어.

어머니가 내가 좋아하던 카레를 해주셔도 맛있지 않았어.

개그 프로그램을 봐도 전혀 웃지 않는 아버지와 같이

TV를 보는 건 마음 아픈 일이었어.

아버지는 웃지 않으셨고, 어머니는 종종 우셨어.

그때는 활짝 핀 꽃을 봐도 아름답다고 생각하지 못했지."

"그랬었구나. 나는 전혀 몰랐었어.

그런 상황이라면 꽃이 예쁜 것조차도 원망스러웠겠다.

나도 그런 적 있었어.

어머니가 아주 오랫동안 많이 아프셨어.

그 몇 년 동안 꽃이 필 때마다

가슴 한구석이 스르르 허물어졌지."

그는 그녀를 다정한 눈길로 쳐다봤다.

"그런데 어느 날 땅에 떨어진 목련 꽃잎을 보고 마음이 움직였지.

모든 것은 꽃이 피고 꽃이 지는 것과 같다는 생각이 들었어."

두 사람은 각자, 자신이 경험했던 가장 힘든 시기로 돌아가

잠시 생각에 잠겼다.

그때 느꼈던 감정들이 다시 살아나 발목에 감겼다.

그 시절에는 발걸음 떼기가 쉽지 않았다.

조금만 걸어도 포기하고 싶어졌다.

도저히 다른 사람들처럼 걸을 수 없을 거라고 생각했다.

다행스럽게도 꽃이 피고 지고 다시 피고 지면서

어려운 나날들은 꽃잎과 함께 쓸려 가버렸다.

그날 두 사람은 어려운 시절 이야기를 하면서

남다른 친밀감을 갖게 되었었다.

서로 상대편의 이야기를 들으면서

'저 사람도 나처럼 많이 아팠구나.'하는 생각이 들었고

그러자 다른 사람들에게 털어놓지 못했던

내밀한 감정들을 이야기할 수 있었다.

사람은 자신이 이해받는다고 느낄 때만

진짜 이야기를 하는 법이니까.

하얀 목련이 강냉이 굽듯 펑하고 피어날 때

모든 이들은 그 아름다움에 놀라고 만다.

하지만 꽃잎은 곧 갈색으로 변해 땅에 떨어진다.

그때도 꽃은 아름다울까?

하얀 목련의 아름다움이 더 빛나는 건

기나긴 기다림과 갑작스러운 몰락이 있기 때문인지도 모른다.

꽃들은 항상 아름답다.

다만 아름다움을 보는 사람과 볼 수 없는 사람이 있을 뿐.

아름다움을 느끼는 사람은 행복한 사람이다.

공들여 피어난 꽃들은 곧 지고 다시 필 것이다.

최근에 당신이 꽃을 보고 미소를 지은 적이 있다면
당신은 행복한 것입니다.
최근에 노을을 보고 감탄했다면 당신은 행복한 겁니다.
만일 행복하지 않다고 해도 크게 문제 될 것은 없습니다.
모든 인생이 항상 행복할 수는 없고
또 행복하지 않다고 해서 멋진 인생이 아닌 건 아니니까요.
하얀 목련이 강냉이 굽듯이 펑하고 피어날 때
이미 그 안에는 갈색으로 변해 땅에 떨어질 꽃잎이 숨어 있습니다.
그리고 다음 해에 다시,
동생이 뜯어놓은 솜뭉치처럼 탐스럽게
나뭇가지에 주렁주렁 피어날 미래도 숨어 있죠.

에코의 진실
혹은 농담

그녀가 말했다.

"이 문장을 읽고 난 후에, 나는 전보다 12배는 더 즐거워졌어."
머릿속에서 작은 종이 댕댕 울리는 기분이었다.
움베르토 에코의『젊은 소설가의 고백』에 이런 문장이 나왔다.

> 기자들이 "소설을 어떻게 씁니까?" 같은 질문을 하면,
> 나는 주로 "왼쪽에서 오른쪽으로 씁니다."라는 대답으로 말문을 막는다.
> 만족스러운 대답도 아닐뿐더러,
> 아랍 국가들과 이스라엘에서는 깜짝 놀랄 일이라는 것도 안다.

그녀는 다시 읽으면서 깔깔거리고 웃었다.
"난 이런 상상을 했어.
내가 아랍에서 온 신문사 문화부 기자인데,
어릴 때부터 존경하고 흠모해오던 움베르토 에코를 겨우겨우 만났어.
그래서 목소리까지 염소처럼 떨면서 질문을 했는데,
에코가 이런 대답을 했던 거야.
'왼쪽에서 오른쪽으로 쓴다.'
난 아랍인 기자고, 아랍어는 반대방향으로 쓰기 때문에,
이걸 기사로 써야하나 말아야하나 고민하면서
호텔 방에서 노트북을 노려봤을 거야.
난 에코가 좋아."

에코의 에세이를 읽어본 사람들은

그가 얼마나 유머러스한 사람인지 알 것이다.

특히 『연어와 여행하는 법』이라는 에세이를 읽어보면

그의 글이 갖는 매력에 빠지게 된다.

스톡홀름과 런던을 여행하던 에코는 연어를 샀는데

그것이 상하지 않게 하려고 호텔 방의 냉장고에 넣기로 했다.

물론 냉장고에 들어있던 음료수와 술과 고급과자를 꺼내야

연어가 들어갈 수 있었다.

그런데 에코가 외출했다가 돌아와 보니,

연어는 식탁 위에 번듯하게 누워있었다.

호텔 직원들이 방을 정리하면서 연어를 냉장고에서 꺼내고

물품들을 다시 가득 채워 넣는 것이었다.

그 일이 반복되면서 싱싱했던 연어는 상해버리고 말았다.

게다가 호텔에서 체크아웃을 할 때는

더 한심한 일이 벌어지고 말았다.

호텔 측은 거액의 미니바 사용료를 요구했다.

에코는 이틀 동안

'유니세프가 보호하는 어린이 전부를

괴혈병으로부터 지켜주기에 충분한 양의 과일 주스'와

미네랄워터 25리터, 위스키 10리터 등

어마어마한 음료를 먹어치운 것으로 기록되어 있었다.

에코가 연어를 넣으려고 음료수를 꺼낼 때마다

컴퓨터가 열심히 기록하고 있었던 것이다.

호텔비를 계산하는 것은 출판사였다.

에코는 출판사가 자신을

공짜만 엄청 밝히는 사람으로 여겼을 것이 틀림없다고 후술하고 있다.

과장과 풍자의 명수인 에코는

『장미의 이름』을 쓰게 된 계기에 대해서도

여러 가지 버전으로 다양하게 이야기했는데,

그중 하나는 "수도사를 독살하고 싶어서."였다.

하, 독살이라니.

에코는 왜 농담을 했을까.

우연히 쓴 최초의 소설이 세계적인 초대형 베스트셀러가 되었고

그러다보니 수천만 번의 인터뷰를 해야 했다.

또 그러다보니 똑같은 질문을 수천 번씩 받았을 것이다.

그런 상황에서 작가가 손톱을 씹거나 하품을 하지 않으려면,

차라리 이런저런 농담을 하는 편이 나았을 것이다.

게다가 인터뷰란 것이 원래 '진실 혹은 농담' 아닌가.

인생의 다른 측면처럼 말이다.

의문의 여지가 없다. 그는 수도사도, 월가의 로비스트도, 그 누구도,

결코 독살하고 싶은 생각은 없는 것으로 보인다.

다행스러운 일이다.

인생에 대해서 말하자면, 인생은 진실 혹은 농담입니다.

거짓과 가식을 싫어하는 사람은 농담을 좋아하는 경향이 있어요.

저는 오스카 와일드도 그런 사람이었다고 생각합니다.

그는 이런 말을 했었죠.

"삶이란 너무나 중요한 것이어서 늘 진지하게만 말할 대상은 아니다."

세상에는 자신만 진실을 말하고 있다고 주장하는 사람들이 너무 많습니다.

과잉된 진실의 피로를 푸는 것은 농담이죠.

또 제대로 된 농담을 하는 사람들은

진실을 꿰뚫어보고 있습니다.

진실은 농담이라는 은유를 통해

자신을 슬쩍슬쩍 내보이거든요.

더 나아가, 진실은 무엇일까요?

농담에 관해서 이야기할 때 빼놓을 수 없는 위대한 인물인

커트 보네거트는 이렇게 말했습니다.

"사람들은 좀처럼 칠판 위에 진실을 그리지 못한다."

희미한 발자국 위로
파도가 지나갔다

그녀가 말했다.

"이건 바다의 선물이야."

가방을 뒤져 커다란 소라껍질을 몇 개 꺼내더니
동생에게 내밀었다.
"언니, 요즘에도 소라껍질을 귀에 대면 파도소리 나나?"
"그럼. 세상이 좀 변한다고 소라가 파도를 잊어버리겠어?"
동생은 귀에 소라껍질을 대고 가만히 있더니 눈을 감았다.
그리고 지난여름에 갔던 바다를 떠올렸다.
몇 년 만에 간 여행인지 모른다.
언니와 겨우 시간을 맞춰서 부산의 바다를 찾아갔던 것이다.
두 자매는 모래사장에 도착하자
신발을 벗고 뛰기 시작했었다.
모래가 발가락 사이로 파고드는 느낌,
그리고 발바닥에 까슬까슬한 모래가 스치는 느낌,
그것이 너무 좋아서 계속 그렇게 달렸다.

"어휴, 숨차, 여기 좀 앉아."

두 사람은 바다를 보면서 한동안 아무 말도 하지 못했다.
한동안 침묵이 흐른 뒤에 동생이 언니에게 말했다.
"언니, 우리, 여기서 살면 안 될까?
매일 이런 바다를 보고, 모래사장을 걸으면,
마음이 튼튼해질 것 같아서 그래."

난 쉽게 다치잖아."

바다에서 불어오는 바람이 잔뜩 부풀어 오른 치마 위로,
기나긴 지난 시절이 만들어놓은 희미한 발자국 위로
스산하게 불고 있었다.

그녀들은 이렇게 태어났다.
큰 것에는 의연하지만
작은 것에는 자주 걸려 넘어지고
영화에서 봤던 슬픈 장면이 오래도록 기억에 남아
두고두고 마음이 아픈 사람으로 태어났다.
때로는 지름길을 놔두고도 작은 오솔길을 선택해야 했고
발보다 마음이 무거워서 빨리 움직일 수 없을 때도 있었다.
하지만 그녀들은 그것이 다행이라고 생각했다.
소라껍질이 파도소리를 품는 것처럼
사람들은 그리운 것을 담고 살아야 한다고 믿었기 때문에.

장마가 시작될 때는

그가 말했다.

"장마다. 이제 노래를 부를까?"

"노래? 우린 개미가 되려는 거 아니었어?

어른들이 우리 보고 아프다고 하잖아.

아픈 청춘인 주제에, 베짱이처럼 노래를 한다고."

그녀가 되묻자 그는 머쓱한 표정을 짓더니 이렇게 대꾸했다.

"난 장마가 되면 노래를 하고 싶어져.

내 친구들하고 밴드를 할까 해.

장마의 축축한 기분을 몰아내는 밴드, 그럼 제습기 밴드가 되는 건가?"

그녀는 따라 웃었다.

"너 기타 연습 열심히 하고 있었던 건 알아. 누구랑 밴드할 건데?"

"같이 하기로 한 친구들이 있어. 키보드만 구하면 시작할 거야."

그와 그녀는 이런 이야기를 주고받으면서

캠퍼스를 걸어 나왔다.

다른 아이들은 방학 때가 되면 어학공부를 하고 연수를 준비하곤 하는데,

그들은 노래할 생각을 하는 것이었다.

그녀가 또박또박 말했다.

"나도 그 밴드에 끼워줘. 난 피아노 좀 치잖아.

그러니까 키보드 치면서…… 연습생 할게."

"어우, 연습생이라니, 우리가 SM인가."

그들은 몇 번 웃고 몇 걸음 더 걸었을 때,

'우리들이 이래도 되는 걸까?'하는 생각이 불현듯 들어 가슴이 아렸다.

사람들은 다들 20대에 전력질주하지 않으면

경쟁에서 낙오자가 된다고 말한다.

하지만 달리기를 위한 출발선에 서기 전에,

내가 무엇을 하고 싶은지

내가 어떤 사람이 되고 싶은 건지

그것부터 깨달아야 하지 않을까?

그녀는 자신의 생각을 그에게 말했다.

빗방울이 우산의 처마 밑으로 슬금슬금 숨어들어왔다.

그들은 비에 운동화가 젖는 것을 두려워하지 않았다.

그들이 가는 길은 때로는 마른 길도 있고

때로는 젖은 길도 있을 것이기 때문에

운동화가 더럽혀지거나 축축해지는 것이 당연하니까.

앞에 놓여 있는 길이 어디로 향하는지 모를 때에도,

아니 그렇기 때문에,

길을 떠나는 사람들은 즐거울 수 있다.

그러니 신발 끈을 매자. 급한 걸음에도 풀리지 않도록.

조금 더
멋진 얼굴이 되는 방법

그녀가 말했다.

"휴대전화를 새로 장만했어.
처음에 한 일은 셀카를 찍는 거였지."

그녀는 새로운 휴대전화가 생길 때마다 꼭 자신의 사진을 찍었다.
새로운 기계에 큰 흥미가 있거나
휴대전화를 자주 바꾸는 건 아니었지만
휴대전화를 새로 사게 되면
혼자 할 수 있는 작은 의식을 치르고 싶었던 것이다.
그런데 이번에 찍힌 사진을 보고는 스스로도 놀라고 말았다.
'얼굴이 달라진 것처럼 보였어. 2년 반 사이에.'

2년 6개월. 열 번의 계절이 지나간 시간,
그 사이에 무슨 일이 생긴 걸까.
그녀는 이전에 쓰던 휴대전화를 꺼내서
몇 년 전의 모습들을 다시 들여다봤다.
어떤 날에 그녀는 귀엽게 웃고 있었고
다른 날에 그녀는 조금 지친 듯이 보였다.
행복한 생각을 많이 했던 날 찍은 사진과
그렇지 못한 날 찍은 사진은 다른 사람처럼 보였다.

그녀는 사진을 보면서 생각했다.

'만일 내가 본 내 모습도 이렇게 다르다면

다른 사람이 본 나의 모습도 마찬가지겠구나.

그러면 행복한 순간에 만난 사람들만

날 행복한 사람으로 기억하겠구나.

내가 만났던 사람들은 날 어떻게 기억하고 있을까?'

그리고 10년 후에 찍게 될 자신의 사진을 상상했다.

그녀는 종종 낮에도 꿈을 꾸지만

자신에 대해서는 엄격하고 미래에 대해서는 현실적인 사람이었다.

만일 앞으로 10년 동안 좋은 일만 계속 일어나게 된다면 좋겠지만

미래의 일은 그녀도, 그 누구도 어쩔 수 없는 부분이었다.

그래서 이렇게 마음속으로 기도했다.

'어떤 어려움이 생겨도 넉넉한 마음으로 넘길 수 있기를.

설사 누군가가 나를 아프게 한다면

그 사람을 많이 원망하지 않기를.

나를 아프게 한 것이 바로 나 자신이라면

나의 허물에도 관대해지기를.

그래서 10년이 흐른 후에는 더 멋진 얼굴이 되기를.'

사진은 찰칵하는 순간 현재를 과거로 만들어버립니다.

과거의 한 순간이 정지된 이미지에 갇혀 영원히 남습니다.

카메라에는 삭제하기 기능이 있지만 우리 기억에는 그런 기능이 없습니다.

삭제하기 기능이 있는 두뇌를 구하던가.

아니면 자신의 못난 과거도 잘 받아들일 수 있는 너그러움을 습득해야죠.

과거는 한 번 지나고 나면 끝나버리는 것이 아닙니다.

과거는 우리가 볼 수 있는 최소한의 미래니까요.

인간,
혹은 인간을 닮은 것

그가 말했다.

"안드로이드의 어원은 그리스어래.

'인간을 닮은 것.'이라는 뜻이지."

"그럼 누가 처음으로 안드로이드라는 말을 썼는데?"

그녀가 묻자 오빠는 의기양양한 표정이 되어서 이렇게 대답했다.

"공상과학 소설에선 19세기 프랑스 작가가 썼어.

『미래의 이브』라는 과학소설에 나오는 여성 로봇을

안드로이드라고 불렀지. 그게 시작이었어."

그녀는 어린 시절에 오빠의 책장을 꽉 채우고 있는

과학소설들을 볼 때마다,

'오빠는 커서 과학자가 되려나보구나.'하고 생각했었다.

그런데 오빠는 과학자가 되기는커녕 국문학과로 진학했고,

몇 년이나 끙끙대며 박사논문을 쓴 후에는

시간강사로 일하고 있었다.

하지만 옛날 습성은 못 버렸는지 요즘도 과학소설이나

SF 시리즈를 즐겨본다.

어린 시절부터 오빠는 그녀의 취미와 취향에 큰 영향을 주었다.

그녀는 8등신 미녀를 닮은 인형보다 하늘을 나는 로봇을 더 좋아했다.

지금도 그녀는 종종 오빠와 나란히 소파에 앉아 SF 시리즈를 보곤 한다.

얼마 전 두 사람은 SF 시리즈의 전설인

〈스타 트렉 : 더 넥스트 제너레이션〉의 영화판을 오랜만에 다시 봤다.

그녀는 극중 캐릭터 중에 '데이타'를 좋아했다.

그는 말 그대로 컴퓨터 같은 두뇌를 갖고 있는 안드로이드였는데,

인간을 닮으려고 노력했다.

그래서 끊임없이 인간은 왜 우는가,

인간의 감정이란 어떤 것인가,

인간은 무엇에 의해 인간이 되는가,

이런 질문을 던졌다.

그런 데이터의 모습을 보면서 인간들은

'우리 인간은 어떤 존재인가.'를 다시 생각하게 됐다.

데이터의 가장 좋은 점은

그 스스로 인간의 가장 좋은 면을 배우려고 노력했다는 사실이다.

노래를 배우고, 감정을 배우고,

그리고 마지막으로 사랑하는 동료를 위해

자신을 희생하는 법을 배운다.

함장은 그를 보면서 이렇게 말한다.

"인간을 인간답게 만드는 건

점점 더 나은 사람이 되려고 노력하는 데 있지."

그것이 인간의 가장 선한 부분이다.

인간은 누구나 불완전하게 태어나, 불완전한 인생을 살아간다.

인생은 치사하고 너저분한 순간으로 넘친다.

그래도 그 순간들이 다 합쳐지면 결국은 숭고한 것이 될 수 있다.

오늘 비록 하찮은 돌부리에 걸려 쓰러졌더라도,

더 나은 내일이 있다는 희망을 잃지 않는다면.

누군가에게
밥상을 차려준다는 것

그녀가 말했다.

"우리 밥 먹을까?"

그녀는 어젯밤 늦게 두 시간이나 되는 거리를 운전해서 우리 집에 왔었다.
내가 부모님이 여행을 가서서 혼자 있다고 하자
그녀는 집에서 입고 있던 차림 그대로
예정에 없던 길을 나섰던 것이다.

어릴 때 우리들은 바로 옆집에 살았고
부모님들도 친분이 있었기 때문에 친자매같이 자랐다.
사춘기 때는 토닥토닥 다투기도 했었는데
한 시간도 안 돼서 우리는 "미안해. 내가 잘못했어."하고
울음을 터뜨리면서 화해하곤 했었다.
그러다가 그녀의 가족들이 지방으로 이사를 가게 되면서
우리는 몇 년 동안이나 멀리 떨어져 있게 되었다.

하지만 그녀가 운전면허를 딴 후에는
어젯밤처럼 갑자기 나를 찾아오는 일이 생기곤 했다.
그때마다 그녀는 당장 쏟아내지 않으면 터져버릴 것 같은
커다란 이야기보따리를 들고 와서, 내게 털어놓곤 했었다.
그런데 어제는 아무리 기다려도
별다른 이야기를 꺼내지 않았던 것이다.

그래서 조금 걱정이 되었다.

"무슨 일이 있었어? 혹시, 안 좋은 일이 있어?"

그런데 그녀는 그냥 "아니, 아무 일도 없어. 영화나 보자!"하고

책장에 꽂혀 있는 DVD를 고르는 게 아닌가.

우리는 아마도 다섯 번쯤은 보았을 미야자키 하야오의 애니메이션

〈센과 치히로의 행방불명〉을 다시 봤다.

나는 하쿠가 치히로에게 먹을 것을 주는 장면을 다시 보며

'이 장면은 몇 번을 봐도 좋구나.'하고 생각했다.

지브리 스튜디오는 먹는 것에 집착하기로 유명하다.

다음 날 아침에 일어났을 때 그녀는 냉장고를 뒤지고 있었다.

그리고 자긴 아침을 꼭 먹어야 한다며 밥을 해먹자고 하더니

내가 말릴 틈도 없이 밖으로 나가버렸다.

잠시 후, 그녀의 두 손에는 시장에서 사온 야채와 과일 꾸러미가

한가득 들려 있었다.

그녀는 나에게 앉아서 기다리라고 했다.

내가 그녀가 해준 아침밥을 먹기 시작하자

그녀는 늦은 밤에 두 시간 동안 운전을 할 정도로 심각했던

이야기보따리를 풀었다.

"단지 너한테 밥을 해주고 싶었어. 그래서 왔어."

우리들은 먹는 것에 집착한다.

음식을 같이 먹는 것은 마음을 같이 나누는 것이니까.

따뜻한 음식을 만들어주는 것은

어머니가 우리에게 해주던 가장 고마운 일 중에 하나였습니다.

하루에 세 끼를 만들어본 사람은 알게 되요.

그게 결코 만만치 않은 일이라는 걸.

그런데 옛날 우리 어머니들은 그저 묵묵히, 당연히 해야 하는 일처럼

밥을 짓고 상을 차렸습니다.

대개 그 고마움을 알게 되는 건, 한참 나이를 든 후의 일이죠.

누군가에게 밥을 지어주는 일,

먹을 것을 같이 나누는 일,

사람들 사이에서 벌어지는 일 중에는 이런 좋은 일도 있습니다.

ORDINARY
DAYS
10.

세상의 모든 빛이
사라져도

그녀가 말했다.

"나는 매일매일 즐거웠으면 좋겠어.

아침에 눈을 뜨면 '야, 신난다.'하는 소리가 저절로 나오면 좋겠어.

눈을 뜨자마자 콧노래를 부르면서 외출 준비를 하고

소풍 가는 아이처럼 뛰어나가면 좋겠어.

어딜 가든 좋은 일이 기다리는 사람처럼,

어딜 가든 주인공이 되는 사람처럼."

나도 한 때 그런 생각을 했던 적이 있었다.

그렇게 좋아하던 영화도, 음악도, 아름다운 그림도,

더 이상 나를 기쁘게 해주지 못한다고 생각했기 때문에.

그즈음 서점에서 우연히 한 권의 책을 집어 들었다.

그 책에서 갑자기 색채를 볼 수 없게 된 화가의 이야기를 읽었다.

그 사람은 머리를 다친 후에 눈에 보이는 모든 것들이

기분 나쁜 어두운 색깔로 보였다고 한다.

사물은 납의 빛깔과 가깝게 보였다.

그것은 단지 모든 사물이 무채색으로 변해서 슬프다는 뜻 이상의 것이었다.

그는 화가였다.

그런데 색깔이 사라졌다.

그는 사과를 좋아했다.

그런데 사과가 붉거나 파란 색이 아닌 납덩이 같은 색깔로 보였다.

도저히 먹을 수 없었다.

한평생 그에게 기쁨을 주었던 모든 색깔이 사라져 버린 후에

세상은 얼마나 끔찍한 곳이 되었을까.

그는 전색맹이 된 후에 모든 것을 잃어버린 느낌을 받았고

극심한 좌절을 겪었지만 점점 자신의 현실을 받아들이게 된다.

그리고 흑백의 세상에 안착한다.

마침내 그의 그림은 '놀라운 흑백의 시대'라는 찬사를 받으며

평론가 사이에 극찬을 받게 되었다.

살다보면 그 화가처럼 모든 빛깔이 사라지는 시기를 경험할 때가 있다.

사랑하는 사람을 잃거나

자신을 더 이상 합리화할 수 없을 때,

세상에서 모든 빛이 사라진다.

그래도 희망은 있다고,

나는 그녀에게 말해주고 싶었다.

"환경은 금방 바꿀 수 없을 때가 많아.

하지만 똑같은 환경 속에 있더라도

마음 상태가 바뀌면 한결 수월하게 넘길 수 있어.

정말 거짓말같이 그런 일이 일어날 때가 있어, 내 말을 믿어봐."

마음은 문제의 근원이자 열쇠다.

마음이 달라지면, 나쁜 일도 덜 괴롭게 느끼게 되고

작은 일에도 훨씬 더 큰 행복을 느끼게 된다.

사실 그런 변화는 너무 놀라워서 마법처럼 보이기도 한다.

그런데 마법이 어디서부터 시작되는지는 아무도 모른다.

그것은 조용하고 은밀하게 시작되니까.

우리가 우연히 들춰본 책 속의 한 문장에서,

어떤 영화에서, 음악에서, 인연에서, 풍경에서,

일상의 작은 발견에서, 일어난다.

마음의 변화는 높은 담을 넘기 위한 도움닫기이다.

화가의 이야기가 담긴 책 : 올리버 색스, 『화성의 인류학자』

만일 지금 이 순간, 절망에 빠져있는 사람이 있다면
'어려움에는 끝이 있다.'는 말을 떠올려보세요.
문제는 시간일 뿐, 우리는 점점 나아지고 있어요.
즐거운 것을 하나씩 찾고 마음에 에너지를 비축해서
세상이 다시 색깔을 찾을 때까지 버텨보는 거죠.
다시 아름다움이 보이기 시작할 때는
상상하지 못했던 기쁨이 찾아옵니다.
지금 이것은 영원하지 않아요.
나쁜 시절도 영원하지 않아요.

내 블로그를 본
외계인의 반응은

그녀가 말했다.

"아주아주 시간이 많이 흐른 후에,

내 블로그를 누군가가 발견한다면, 어떤 생각을 할까?"

"'이 사람, 참 게을렀구나.' 그러겠지.

그런데 그걸 누가 발견하는 건데?"

그녀의 질문에 언니는 이렇게 대답했다.

그녀는 수천만 년이 지난 후에,

지구에 사는 어떤 생명체가

자신의 블로그나 일기를 발견하게 되는 상상을 했다.

그 생명체는 인간일수도 있고, 아닐 수도 있었다.

그때 지구를 지배하는 것이

반드시 인간일 거라고 생각할 수만은 없으니까.

어쩌면 외계에서 온 다른 생명체일 수도 있을 것이다.

어쨌든 그녀는 이런 상상을 해봤다.

먼 훗날 그 누군가가 그녀의 블로그를 발굴해서 보게 된다면,

'그 시절의 인간들은 다 이렇게 소심하고 우유부단했나보다.'

하고 생각하지 않을까.

생각이 거기에 미치자,

그녀는 갑자기 어깨가 무거워지는 느낌이 들었다.

어떤 우연과 우연의 연쇄 고리 끝에, 하필 그녀의 블로그가

인류의 생활상을 연구하는 귀중한 자료가 된다고 치자.

그래서 그들이 '블로그를 통해 본 21세기 인간에 대한 연구'라는
보고서를 쓴다면,
이런 내용이 들어갈 것이 분명했다.
'인간들은 매일 결심만 하고 실행에는 옮기지 못하는
게으른 존재들이었다.'

언니는 그녀의 말을 듣고 웃음을 터뜨렸다.
"괜찮아, 걔네들도 비슷할 테니까.
그리고 그 보고서엔 이런 내용도 들어갈 거야.
'인류는 자기의 능력보다 더 많은 것을 꿈꿨다.
그들은 좋은 꿈을 꾸려고 늘 노력했던 것처럼 보인다.'"
"정말 그럴까?"
"그럼. 당연하지.
우리들은 크고 좋은 꿈을 꾸기 때문에
실행에 옮기기 전에 준비운동과 심호흡이 필요한 거야."
그녀는 언니의 말을 듣자, 조금 위안이 되었다.

우리가 소심하고 우유부단하게 보이는 것은
늘 크고 좋은 꿈을 꾸기 때문이다.

좋은 꿈을 꾸면 좋은 방향을 바라보게 됩니다.

큰 꿈을 꾸면 먼 곳까지 바라보게 됩니다.

우리를 인간답게 만드는 것은

지금 발 디디고 있는 이곳이 아니라

우리의 눈이 향한 저곳 때문일지도 모릅니다.

솜이불보다 더 따뜻한

그녀가 말했다.

"돌아보지 말고, 그대로 있어봐."

그런다고 가만히 있을 동생이 아니었다.
"왜? 무슨 일인데? 먹을 거 있어?"
동생이 휙 돌아서는 동안,
언니는 재빨리 들고 있던 물건을 등 뒤로 감췄다.
"손 좀 앞으로 해봐. 뭘 숨기고 있는 건데?"

잠시 동생은 언니의 손을 잡아당겼고 언니는 뿌리치면서
두 사람은 옥신각신했다.
"아이참, 애가 왜 그러니. 옛다, 네 선물이야. 카드도 써서 주려고 했더니."
"카드는 무슨. 이건…… 언니, 고마워."
언니는 동생이 갖고 싶은 것이 무엇인지 알고 있었다.
그래서 생일 선물로 그것을 사주고 싶었지만
가격이 부담스러워서 전부 사줄 수는 없었다.
동생이 갖고 싶어 했던 건 좋아하는 작가의 전집이었고, 언니는 그중에 제 1

권과 2권을 사왔다.

"미안해. 나도 아르바이트를 한동안 못해서 이번 달에는 너무 어려웠어.

다음 달에는 3권이랑 4권을 사줄게.

그렇게 한 달에 두 권씩 사면, 곧 전집을 다 모으게 될 거야."

동생은 그저 언니가 고마워서 아무 말도 할 수 없었다.

언니는 학비를 보태기 위해 항상 아르바이트를 하고 있었다.

리포트를 쓸 시간도 없고, 책을 읽을 시간도 없다고,

이렇게 학교를 다니면서 공부는 언제 하냐면서 속상해했다.

"언니, 고마워. 근데 이거 너무 속보인다.

이 책, 언니도 읽고 싶어서 산 거 아니야?

우린 어차피 같이 자취하는데, 내 책이 언니 책이잖아."

"네가 읽을 때까지는 안 읽고 기다릴게."

"거 봐!"

두 사람은 그런 이야기를 나누면서

장롱 안에서 솜이불을 꺼냈다.

솜이불을 목까지 끌어올리고 자야 하는 때가 곧 올 것이다.

그런 날에도 뼛속까지 춥지 않은 건,

서로에게 서로가 있기 때문이었다.

창문 밖에는 취객의 고성방가 소리가 들렸고,

옆집 아주머니는 개구쟁이 아들을 혼내고 있었다.

그 모든 소음들이 늘 있던 그 자리에 있어서 좋았다.

올해 겨울도 따뜻할 것이다.

노스탤지어,
돌아가고자 하는 채워지지 않는 욕구

그녀가 말했다.

"자, 들어봐. 노스탤지어에 대한 이야기야."

그녀는 밀란 쿤데라의 소설 『향수』를 펴들고
나에게 이런 문장들을 읽어주었다.

'그리스어로 귀환은 '노스토스'이다.
그리스어로 '알고스'는 괴로움을 뜻한다.
노스토스와 알고스의 합성어인 '노스탈지,' 즉 향수란
돌아가고자 하는 채워지지 않는 욕구로 생긴 괴로움이다.
체코어로 표현된 가장 감동적인 사랑의 문장은
'나는 너에 대한 향수를 갖고 있다.'인데,
이는 '나는 너의 부재로 인한 고통을 견딜 수 없다.'는 뜻이다.
이렇게 어원상으로 볼 때,
향수는 '무지'의 상태에서 비롯된 고통으로 나타난다.
너는 멀리 떨어져 있고
나는 네가 무엇이 되었는가를 알지 못하는 데서 생겨난 고통…….
그리고 과거나 잃어버린 유년기 또는 첫사랑에 대한 욕망.'

그녀는 책을 읽다가 그 구절을 다시 반복했다.
"멋진 말이지?
노스탤지어는 돌아가고자 하는 채워지지 않는 욕구에서 나온다는 것.
너를 모르기 때문에 괴롭다는 것."
그녀는 잠깐 뜸을 들였다.

"네가 수술실에 들어가던 순간,

나는 네가 머나먼 곳으로 떠나는 것 같았어.

물론 다시 돌아올 줄 알고 있었고, 그렇게 굳게 믿었지만.

너는 곧 마취제에 잠들게 될 거고,

그 동안 네가 어떤 꿈을 꾸는지 나는 알 수 없을 테니까.

내가 갈 수 없는 곳으로 너 혼자 훌쩍 날아가 버린 것 같아서 두려웠어.

겁에 질린 채로 의자에 앉아 있었지.

내가 있는 곳으로 다시 와주어서 정말 고마워."

그 말을 들을 때 나는 혈관에 흐르는 링거액의 흐름까지 느낄 수 있었다.

아직 완전히 회복하지 못한 상태였지만

간헐적으로 의식이 또렷해지는 순간이 있었다.

그때까지만 해도 나는 아직 말을 하지 못했고 자주 잠이 들곤 했다.

내가 할 수 있는 건 병실을 오가는 병원 관계자들을

초점 없이 멍하니 쳐다보거나

내 옆에 누워 있는 다른 환자의 희미한 기침소리를 듣는 것이 전부였다.

병실은 길고 지루한 꿈처럼

순간과 영원 사이에 가로놓인 장벽이 허물어지는 곳이었다.

모든 소리들은 귀로 흘러들어오지 않고 내 몸을 때리고 있었다.

하지만 그녀가 책을 읽어주는 목소리는 귀로 들을 수 있었다.

하얀색, 또는 검은색, 아니면 잿빛으로 가득 찬 병원생활에서

그녀가 찾아오는 시간만 유일하게 컬러로 느껴졌다.

그녀는 내가 다시 의식을 찾았을 때 내 머리맡에 앉아 있다가

"이건 아픈 사람을 위한 자원봉사 같은 거야."라고 말하면서

책을 꺼내 들었있다.

그리고 매일 찾아와서 책을 읽어주었다.

먼 곳에서 윙윙거리던 소리들이 점점 다가왔다.

처음에는 몇 문장 이상 읽을 수 없었다.

내가 금방 잠이 들었기 때문에.

그런데 점점 그녀가 책을 읽을 수 있는 시간이 늘어났다.

내가 조금씩 더 많이 깨어 있을 수 있었던 것이다.

그러던 어느 날, 따뜻한 햇볕 때문이었을까,

그녀가 책을 한 시간 넘게 읽어줄 수 있었다.

덕분에 목소리가 조금 쉬기까지 했다.

그녀가 너무 지쳐 보여서 잠이 오지 않았지만 눈을 감았다.

그녀는 내가 다시 잠든 줄 알고 가방을 꾸렸다.

그리고 병실 밖으로 나가려고 문을 열었다가 다시 내 곁으로 돌아와서

귓가에 대고 작은 목소리로 이렇게 말했다.

"얼른 나아. 이렇게 같이 있을 수 있어서 난 정말 기뻐.

너와 가장 특별한 순간들을 보낼 수 있으니까."

나에게는 그 순간, 기적이 일어났다.

그녀가 나 때문에 힘든 것이 아니라

나 때문에 기쁘다고 말한 것이 놀랍고 기뻤다.

나는 그때 내가 곧 일어나게 될 거라고 믿게 되었다.

다음 날, 모든 수치들이 정상으로 돌아왔다.

평범하게 살고 싶어

그가 말했다.

"나는 평범하게 살고 싶어. 그게 어려운 걸까?"

그는 스물아홉 살, 그리고 취업준비생이었다.
몇 해 동안 취업 스터디를 하고 있었고
학원 새벽반에 다니고 그 외의 시간에는 도서관에서 공부한다.
주말에는 친구들을 만날 때도 있었지만
요즘은 영화를 다운받아 보며 시간을 보낸다.

가끔 취직한 친구들한테 전화가 오면
'나 요즘 스터디가 많아서, 다음에 연락할게.'하고 전화를 끊는다.
친구들이 그를 섭섭하게 한 적은 없었다.
단지 '나는 왜 저렇게 되지 못했을까?'하는 생각을 하면서
스스로 상처를 입힐 때가 있었던 것이다.
자신에게 가장 가혹한 사람은 자기 자신이다.
그는 요즘 자신의 삶을 돌아보면서 그런 생각을 한다.
현재가 힘들고 답답하면
자기 자신에 대해서 긍정적인 생각을 하기 힘들어진다.

그녀는 그에게 평범한 삶은 무엇이냐고 물어봤다.
그는 "아침에 출근하고 저녁에 퇴근하는 것."이라고 대답했다.

그녀는 그 말을 듣자

오래전에 봤던 영화의 대사가 떠올랐다.

그 영화의 주인공도 평범한 삶을 원했는데

그는 평범한 삶을 이렇게 묘사했었다.

"정상적인 집, 아버지가 있고, 어머니가 있고, 강아지가 있는 곳."

그녀는 그에게 이런 이야기를 들려주었다.

우리가 생각하는 평범한 삶이란

결코 평범한 삶이 아닐지도 모른다고.

사람들은 대개 한두 가지의 결핍을 갖고 있으며,

그것 때문에 자신의 삶이 평범하지 않다고 생각한다.

하지만 실제로는 크고 작은 결핍이 있는 상태가 평범한 것이며

결핍이 없는 삶은 모든 것이 다 갖춰진 삶, 즉 비범한 삶이다.

과연 결핍이 없는 삶이란 것이 존재하기나 할까?

인간은 끝없이 새로운 것을 욕구하는 습관이 있는데.

하나가 채워지면 다른 것을 갈망하는데.

그러고 보면 누구나 결핍을 느끼는 것이다.

평범한 삶은 이미, 나에게 있다.

자신 안에 있는 결핍감과 화해하세요.
'아, 나에게는 이런 것이 있구나.'하고.
때로는 그 결핍감 때문에 크게 덕을 보는 경우도 있습니다.
하지만 무언가를 탐하는 마음이 지나치면
내 자신은 사라지고 괴물이 나타납니다.
부족하고 헤매고 어리석은 것,
지금 이대로의 내 모습,
그것이 평범한 삶이죠.

세잔의 고독

그녀가 말했다.

"만일 혼자 있는 시간이 없었다면,
우리들은 예술을 잃었을 거야."

그날은 폴 세잔의 탄생 172주년이 되는 날이었고,
그녀는 일을 마치고 집에 돌아와 그에 관한 책을 읽었다.
세잔은 젊은 시절 파리에 있을 때 매번 살롱 전에서 낙방했었다.
그리고 그의 나이 쉰 살이 되던 해부터
엑상프로방스로 가서 은둔생활을 시작했다.
그는 아틀리에에서 잘 보이는
생트 빅투와르 산을 좋아해서 자주 그렸는데
이 연작 회화가 오늘날까지 미술사의 걸작으로 남아 있다.

그러다가 세잔은 그의 나이 쉰여섯이 되어서야
처음으로 전시회를 열게 되었다.
그때부터 그의 작품의 위대함을 알아챈 사람들이 생겼고
인기를 얻기 시작했지만
그는 은둔생활을 계속 지켜나가려고 애를 썼다.
그에게는 사교모임에 적응하는 것이 힘들기도 했고,
자신의 작업을 위해선 그것이 최선이라고 생각했던 것이다.
그렇게 고독하게 탐구하듯 그림을 그렸기 때문에,
세잔은 사물의 표면이 아닌 사물의 내부를 그리게 되었다.

세잔의 작품이 지향하는 것들은 큐비즘으로 이어졌고
그것이 현대미술의 시초가 되었던 것이다.
세잔의 고독은 새로운 회화를 창조했다.

그녀는 책을 읽다가 이렇게 중얼거렸다.
'그렇구나, 세잔은 스스로 고독을 선택했구나.'

만일 모든 사람이 외톨이가 되려고 했다면
인간세상은 지금처럼 번성하지 못했을지 모른다.
하지만 모든 사람이 혼자 있는 시간을 견디지 못했다면
대다수의 예술작품들이 세상에 나타나지 못했을 것이다.
사람들은 서로를 필요로 하도록 설계되어 있지만
혼자 있는 시간들이 꼭 불행한 것은 아니다.
많은 위대한 화가나 작가가
혼자 있는 시간에 예술작품을 창작했다.
그들이 항상 남들에게 둘러싸여 있으려고
했다면 외롭지는 않았겠지만
작품을 남기지는 못했을 것이다.

어떤 사람은 스스로 고독을 택한다.
빈방에서 새로운 세상이 만들어진다.

파티 강박.

항상 사람들에게 둘러싸여 있어야 한다는 생각은

현대인들이 만들어낸 또 하나의 강박이 아닐까요.

사람들은 서로 의지하고 사랑하기 위해 존재하지만

그것이 꼭 직접적인 접촉을 뜻하는 것만은 아닙니다.

자신의 생각이나 창작물을 통해서

다른 사람들에게 큰 감동을 주고

영향력을 미치는 경우도 있으니까요.

혼자 있는 시간은 자신을 돌아보게 만들고

자신을 자주 돌아보는 사람은

먼 곳까지 볼 수 있게 됩니다.

새로운 예술은 시선이 먼 곳을 향할 때 만들어지죠.

그녀의 희망이
존재하는 방식

그녀가 말했다.

"넌 방학에 뭐하니? 또 아르바이트?"

진영에게 이렇게 물으면서도

그녀의 시선은 노트북을 향해 있었다.

"어, 난 알바하지. 방학 때 알바를 해서 등록금 보태야 돼."

진영은 서빙 일을 알아보고 있다고 했다.

아르바이트에서 손을 뗄 수 없는 사정은 똑같았지만

그래도 그녀는 운이 좋은 편이었다.

만일 이번에 과외를 구할 수 없었다면,

그녀도 다른 아이들처럼 음식을 나르거나

주유소에서 시급 3,300원을 받고 일해야 했을 것이다.

과외는 다른 아르바이트에 비하면 비교적 고소득이었기 때문에

학부형한테 받는 스트레스 정도로 투정할 수는 없었다.

1학년 첫 해는 방학을 맞은 것 자체가 기뻤다.

서빙 아르바이트도 처음 한 달이 지나자 적응할 수 있었다.

돈을 버는 일이 어렵다는 걸 깨달은 것만도 큰 소득이었다.

그런데 2학년이 될 때는 조바심이 나기 시작하더니

3학년 여름방학부터는 아침마다 맡는 공기냄새가 달라졌다.

버스가 떠나려고 해서 급히 뛰어가야 하는데

하이힐을 신고 있는 기분이었으니까.

'이렇게 학창시절의 방학이 끝나가는구나.'

하는 생각을 하면 가슴 부근에 둔한 통증이 느껴질 때도 있었다.

겨울방학이 되면 취업준비 때문에 더 바빠질 테니까.

진영은 그녀에게 이런 질문을 했다.

"넌 다른 애들처럼 해외연수 가거나 해외여행 가고 싶지 않아?

난 그런 애들이 너무 부러워."

"응…… 나도, 그렇지 뭐."

그녀는 자신의 감정을 별로 드러내지 않는 사람이다.

의도한 것도 아닌데, 감정이 저절로 통제되곤 했다.

자신이 시도할 수 없는 일은

아예 시도할 가치가 없는 일처럼 생각되곤 했다.

그러니까 자신이 어학연수를 갈 수 없는 상황이라고 생각되면

어학연수 가는 것이 조금도 좋아 보이지 않았던 것이다.

진영은 달랐다.

"우리 집도 날 유학 보내줄 수 있는 형편이었으면 좋겠어."

"그래. 하지만 어쩌겠어. 우리에겐 그런 조건이 없는 걸."

"그래도 오늘은 날씨가 참 좋아."

"응. 내가 인터넷에서 찾은 사진이 있어.

아름다운 해변 사진이야. 내가 찾아줄 테니까 상상해봐.

우리가 이 해변에 누워 있다고."

"어디 봐, 멋진 남자친구도 옆에 있는 거니? 칵테일 두 잔 들고?"
"응. 우리들은 시원한 피나 콜라다를 마시면서 햇볕을 즐기는 거지.
가끔 코끝이 찡하고 아플 때도 있어.
피나 콜라다가 너무 차서, 아이스크림 두통이 생기니까."

이 순간 내일을 볼 수 있다면
내일은 희망을 볼 수 있을 것이다.

태양이 빛나는 날이었다.
노트북에 떠 있는 아름다운 해변에서는
두 남녀 커플이 웃고 있었다.
입안에는 코코넛밀크의 맛이 느껴졌다.
그녀들의 웃음소리는 수소풍선처럼 하늘로 올라갔다.

우울한 시를
읽는 이유

그녀가 말했다.

"바람은 왜 불어오는지 알아?"

그는 순간적으로 기압의 차이나 지구의 자전을 떠올리다가
그녀의 손에 들려 있는 시집을 봤다.
"기형도 시인의 시집이구나."
그녀는 오늘이 기형도 시인의 기일이라고 했다.
그리고 기형도 시인의 시 중에서
한 구절을 그에게 들려주었다.

> 내 유년 시절 바람의 문풍지를 더듬던 동지의 밤이면 어머니는 내 머리를
> 당신 무릎에 뉘고 무딘 칼끝으로 시퍼런 무를 깎아 주시곤 하였다. 어머
> 니 무서워요. 저 울음소리, 어머니조차 무서워요. 애야, 그것은 네 속에서
> 울리는 소리란다. 네가 크면 너는 이 겨울을 그리워하기 위해 더 큰 소리
> 로 울어야 한다.

시에 의하면 어머니도 바람 소리를 막아줄 수 없었다.
바람은 존재의 시작과 함께 시작되는 것이기 때문에.
그녀는 그에게 이런 질문을 던졌다.
"우리가 우울한 시를 읽는 이유는 뭘까?"

누구나 우울한 시를 읽으면 우울해진다.

하지만 우리는 우울한 시를 통해 위로를 받을 수도 있다.

이 세상에서 나 혼자만 바람 부는 들판에 서 있는 것이 아니며,

나 혼자만 바람 소리를 무서워하는 것이 아니라는 것을 알 수 있으니까.

외로운 사람은 우울한 시를 읽을 때 덜 외로워진다.

시인이 눈물처럼 떨군 하나의 단어가

그의 종잇장 같은 뱃속으로 들어와

할머니의 손바닥 같은 온기를 전해줄 테니까.

세상은 여전히 시를 읽을 만큼 외롭다.

이야기 속의 시 : 기형도, 『바람의 집』 중에서

고흐의 내일

그녀가 말했다.

"오늘 우리가 본 건 내일도 똑같을까?"

그녀는 잡지를 보고 있다가 이렇게 중얼거렸다.

그 기사에는 반 고흐의 그림에 대한 이야기가 실려 있었다.

그는 19세기의 인상파를 대표하는 화가이지만

생전에는 단 한 점의 그림만 팔렸던 것으로 알려져 있다.

그래서 그는 평생 가난과 지병에 맞서 싸워야 했다.

하지만 그의 그림들은 생의 환희를 상징하는 색으로 불타오른다.

특히 〈해바라기〉, 〈별이 빛나는 밤〉, 〈아를의 반 고흐의 방〉,

〈씨 뿌리는 사람〉 같은 주요 작품에는

모두 강렬한 노란색이 들어가 있다.

고흐 자신은 정물화인 〈해바라기〉를 두고

동생 테오에게 보내는 편지에서

이렇게 쓴 적이 있다고 한다.

"자냉이 작약을 그리고, 쿠스트가 접시꽃을 그렸지.

하지만 해바라기는 어떤 식으로든 나만의 것이라고 할 수 있지 않겠니?"

고흐의 연구가들은 그의 그림에 나타난 노란색을 이렇게 설명했다.

'한 조각의 햇살, 빛 속에서 빛나는 기쁨의 시, 강렬한 생명력.'

그는 그림을 그릴 때만은 자신의 어려운 처지를 잊고

생의 환희를 노래하고 싶었던 것이다.

그림은 그에게 생활이었고 생명이었고 기도였다.

그런데 고흐의 그림이 점점 변해가고 있다고 한다.

당시의 화가들은 크롬 옐로라고 불리는 물감을 많이 사용했는데,

고흐의 강렬한 노란색은 바로 그 물감 때문에 가능했었다.

그런데 크롬 옐로는 자외선에 노출되면

점점 갈색으로 변한다는 사실이 최근 밝혀졌다는 것이다.

이미 고흐의 그림은 그가 그림을 그렸던 당시의 모습과는

상당히 달라져 있다.

그리고 이대로 시간이 가면

2050년경에는 원래의 그림과는 완전히 다른

어둡고 탁한 색으로 변할 것이다.

생의 기쁨을 노래하는 고흐의 해바라기가

어두운 갈색으로 변하는 것만큼 슬픈 일이 또 있을까.

고흐가 본 것은

이제 우리가 볼 수 없는 것이 되어버렸다.

우리가 오늘 본 것들 중에 어떤 것이 내일도 그대로일까.

모든 것은 변해가고, 본다는 것은 찰나의 접촉일지도 모른다.

어제 봤던 것이 오늘 사라진다면 그것은 없었던 것일까요?

모든 것은 사라진 이후에도 존재의 흔적을 남기죠.

고흐의 그림은 설사 그것이 타오르는 노란색을 잃어버린다 해도

영원할 겁니다.

그것은 시간의 대양을 건너와 우리에게 기쁨을 주었으니까요.

저는 고흐의 그림을 보기 전에는

한 번도 해바라기가 그런 식으로 존재한다는 것을 알지 못했습니다.

아마 많은 사람들이 고흐의 그림을 보고서야

비로소 해바라기의 자아를 볼 수 있었을 겁니다.

새로운 눈으로 해바라기의 자아를 발견하고

그림을 통해 우리에게 보여준 고흐에게 감사드립니다.

노란색이 갈색으로 변하더라도, 영원히.

ORDINARY
DAYS

19.

좋은 것은 늘 곁에 있다

그녀가 말했다.

"누가 나를 위해서 행운을 업로드해주면 좋겠어.
요즘 불운이 끝나지 않고 있거든. 오늘도…… 아니야."

언니는 그녀에게 무슨 일이냐고 물었다.

언니의 목소리에서는 '무엇이든 나에게 말하면 다 괜찮아질 거야.'라는
다독임이 느껴졌다.
그래서 그녀는 그날 회사 화장실에서 했던 결심,
즉 '더 이상 칭얼대지 말자. 그런다고 해도 달라지는 것 없고
다른 사람을 피곤하게 만들 뿐이다.'를 깨고 말했다.

"언니, 오늘 손님이 물건을 또 반품하러 왔어.
그런데 말도 안 되는 게, 그 옷에 커다란 얼룩이 있는 거야.
딱 보니까, 이미 세탁기에 돌렸더라고.
옷을 사갖고 가서 뭐를 묻힌 거지.
세탁기에 돌려서 빨았는데, 그래도 얼룩이 안 지워지니까 갖고 온 거야.
그리고 한다는 말이, 원래 얼룩이 있었다고 바꿔 달래."
그녀는 아직 분이 다 풀리지 않았는지 씩씩거렸다.
언니는 그녀에게 여러 번 그런 이야기들을 들어서 잘 알고 있었다.
손님이 아무리 억지를 부린다고 해도 계속 저렇게 나오면
결국에는 반품을 해줄 수밖에 없다는 걸.

그리고 그녀가 손님에게 화를 내거나 따질 수도 없다는 걸.

"그래, 속상했겠다."

언니는 이렇게 말하고 그녀의 손을 꼭 잡았다.

그리고 언니는 이렇게 말했다.

"윤주야, 스트레스를 받을 때는 그게 머리를 꽉 채우기 때문에

모든 게 나쁘게만 생각되는 거야.

물론 그런 손님이 나타나서 행패를 부리는 건 나쁜 일이지.

하지만 그것 말고 좋은 일도 있었을 걸?"

그녀는 곰곰이 생각했다.

과연 그날 일어난 일 중에 어떤 일이 좋은 일이었을까 하고.

2년 동안 들고 다녔던 휴대전화기 액정이 깨졌다.

아, 그건 나쁜 일이었다.

너무 바빠서 구내식당에 가서 저녁 먹을 시간도 없었다.

그것도 나쁜 일이었다.

다른 곳으로 직장을 옮긴 '미스 리' 언니가 그녀에게 빵을 사다주었다.

그래, 그건 좋은 일이었다.

그녀는 그때서야 겨우 마음을 가라앉힐 수 있었다.

사람 좋은 '미스 리' 언니를 생각하기만 해도

기분이 좋아졌던 것이다.

스트레스가 지속될 때 가장 나쁜 점은

내가 가진 행운을 잊어버리게 된다는 것이다.

그리고 이 사실도 잊는다.

'손을 잡아줄 사람은 늘 곁에 있다.'는 것.

어려움에 빠진 사람이 쉽게 헤어 나오지 못하는 이유 중 하나는

자신을 도와줄 사람들을 잊기 때문입니다.

이상하게도 어려울 때는 그런 사람들이 하나도 생각나지 않죠.

'아무도 도와주지 않을 것이다.'는 지친 마음이 빚어낸 착각일 뿐입니다.

늘 곁에 있는 사람에게 먼저 시도해보세요.

그 다음에는 한동안 서먹했던 친구에게 마음을 열고 털어놓아 보세요.

꼭 그 사람이 도와주지 않더라도,

나에게 도움이 필요하다고 스스로 인정했다는 사실이

다른 문을 열고 나갈 수 있게 하는 열쇠가 됩니다.

어떤 것이 맞는 열쇠인지 모를 때는 구할 수 있는 모든 열쇠로 다 시도해보세요.

어느 순간 문이 열릴 테니까요.

클라라 하스킬,
모차르트의 모차르트

그녀가 말했다.

"나는 이 사람이 연주한 CD를 들을 때면
공기의 진동까지 느끼고 싶어서 저절로 숨을 참게 돼."

그녀가 소개한 피아니스트는 클라라 하스킬이었다.
클라라 하스킬은 여섯 살 되던 해에
한 번 들은 모차르트 음악을 악보도 없이 그대로 연주하고
또 즉석에서 조옮김을 해서 연주했다고 한다.
그리고 파리 콘서바토리에 입학하여 우등으로 졸업했고
천재적인 재능을 갖고 있는 미모의 소녀로 세상에 알려졌다.

그런데 그런 소녀에게 갑자기 병마가 다가왔다.
그녀는 열여덟 살에 희귀병인 세포경화증에 걸려서
4년 동안 온 몸에 깁스를 하고 지내야 했다.
그녀가 12년이라는 오랜 공백 끝에 무대에 올랐을 때
관중들은 너무 놀라서 아무 말도 하지 못했다고 한다.
피어나는 꽃처럼 아름답던 소녀는 사라지고,
꼽추로 변한 흉한 모습의 여인이 등장했기 때문이다.
그 무대를 본 사람들은 모차르트의 모차르트라며 그녀를 칭송했지만
그녀의 불행은 거기서 끝나지 않았다.
2차 세계 대전이 일어나자, 유대인이었던 그녀는

길고 긴 피난길에 올라야 했고 또다시 병마와 싸워야 했다.

평생을 괴롭힌 질병들 때문에

그녀는 피아노를 연주할 때마다 격렬한 고통을 느꼈다.

그래서 레퍼토리가 다양할 수 없었다.

하지만 그녀가 연주한 모차르트는 소박하면서도 아름다워서

지금까지도 전설로 남아 있다.

가장 놀라운 것은 그런 불행에도 불구하고

그녀가 매우 밝은 사람이었다는 것이다.

그녀는 이런 말을 한 적이 있다.

"나는 항상 벼랑 모서리에 서 있었어요.

그러나 머리카락 한 올 차이로 인해

벼랑 속으로 굴러 떨어지지는 않았지요.

그래요, 그건 신의 도우심이었습니다."

그녀는 자신에게 일어난 일들을 원망하지 않았고

자신이 누릴 수 있는 행복에 집중했다.

그녀의 일생은 행복이 무엇일까라는 질문에

이런 대답을 들려준다.

불운에 집중하는가, 아니면 행운에 집중하는가.

우리가 어느 쪽을 쳐다보는가에 따라

우리의 미래가 달라질 수 있다.

얼마 전에 어떤 독자 분이 저에게 이런 이야기를 털어놓았습니다.

오랫동안 힘든 일을 겪고 있는데,

그것을 이해하려고도 해보고,

좋은 쪽으로 생각해보려고 애쓰다가

어느덧 10년이 훌쩍 넘어버렸다고요.

누구나 그럴 때가 있죠.

아무리 애써도 안 될 때가 있어요.

언젠가 먼 훗날에는

'그때의 그 어려움이 날 이렇게 성장하게 했어.'라고 말하게 되겠지만,

아무리 노력해도 좀처럼 힘이 나지 않을 때는

멀리서 응원하는 사람이 있다는 걸 기억해주세요.

사람들은 노래한다

그녀가 말했다.

"내가 최근에 본 가장 슬픈 장면은……"

그날 그녀는 낙심한 끝에 직장을 다니지 않을 수만 있다면
뭐든 다 할 수 있겠다는 생각마저 들었었다.
물론 다음 날 아침이 되면 카드 청구서를 생각하며
묵묵히 직장으로 다시 향하겠지만.
그런 날 그녀는 영화를 보곤 했다.
그리고 이미 한 번 봤던 영화를 다시 보게 되었다.
〈파이터〉.

오직 그 영화만 보고 싶었기 때문이었다.
그녀가 가장 슬픈 장면이라고 말했던 그 장면은
첫 번째 볼 때는 그냥 무심코 지나쳤던 장면이었다.

영화 속의 어머니는 큰 아들과 같이 일을 한다.
그런데 아들은 여느 때처럼 친구들과 어울려 나타나지 않았다.
어머니는 그가 있는 곳을 찾아갔고
그는 어머니를 피하기 위해 2층 창문으로 뛰어내렸다가
그 밑에서 기다리고 있던 어머니를 만나게 된다.
어머니는 모든 것을 잃어버린 사람처럼
아득한 절망에 빠진 표정이 되어

아들에게 등을 돌리고 앞서 걸어간다.

다음 장면. 어머니는 하염없이 눈물을 흘리며 운전석에 앉아 있었다.

아들이 그곳에서 무엇을 하고 있었는지 알기 때문이다.

그는 마약중독자였고 그곳에서 친구들과 약에 취해 있었던 것이다.

어머니는 큰 아들을 가장 사랑했다.

그는 한 때 챔피언을 이긴 권투선수였지만

끝없는 추락 끝에 약물중독자가 되어버렸다.

어머니는 그를 원망하지도, 야단치지도 못하고

운전석에 앉아 얼굴을 감싼 채 그냥 서럽게 울기만 했다.

아들은 어떻게든 어머니를 위로하고 싶었고

그래서 비지스의 노래를 부른다.

"난 농담을 시작했지. 그랬더니 세상이 울기 시작했어.

내가 농담의 주인공이라는 걸 몰랐지.

난 울기 시작했어. 그랬더니 세상이 웃기 시작했지."

아들이 이렇게 노래하자

어머니는 눈물을 흘리면서도 그 노래를 따라 불렀다.

두 사람은 함께 노래를 불렀다.

"난 농담을 시작했지.

그랬더니 세상이 울기 시작했어.

내가 농담의 주인공이라는 걸 몰랐지."

그들은 지금 해결할 수 없는 큰 문제는 미뤄두기로 했다.

그리고 세상을 향해 운전해 나갔다.

그녀는 영화를 보면서 몇 번이나 눈물을 흘렸다.

그리고 이렇게 생각했다.

"다행이야, 이런 슬픈 영화는 혼자 봐야 해."

다른 사람들에게 눈물을 들키고 싶지 않았다.

영화를 보고 슬픔을 느끼는 그 순간은 너무 소중해서

다른 사람에게 방해받고 싶지 않았던 것이다.

집으로 돌아가는 길, 발걸음은 계속 느릿느릿했다.

밴드로 머리를 묶고 샤워를 한 후에도

한동안 맥이 풀려서 아무것도 하고 싶지 않았다.

한숨을 몇 번 쉬고 침대에 누웠을 때

영화 속의 어머니와 아들이 불렀던 노래를 나지막이 불렀다.

세상이 귀를 기울이는 것처럼 조용해졌다.

잠을 청할 시간이었다.

문득 다시 잘 할 수 있겠다는 생각이 들었다.

사람들은 노래한다.

노래하는 것 외에 아무것도 할 수 없다고 생각할 때.

영화 속 노래 : Bee Gees, 〈I Started A Joke〉

슬픔을 아는 사람들은 아름다운 노래를 부릅니다.
그 무엇으로도 치유되지 않았던 슬픔도
노래를 부를 때만큼은 한 발 물러나기든요.
위험해지지 않는 선에서, 슬픔을 떠올려보세요.
아름다운 노래를 부르고 싶어질 테니까.

책을 기억하고 싶어서

그가 말했다.

"헌책방에 갔다가 책을 샀는데, 이런 게 있었어."

그러면서 그는 그녀에게 책장을 펼쳐 보였다.

책장 안에는 누군가가 파란색 볼펜으로

이렇게 쓴 문장이 있었다.

'어느 비 개인 오후에 이 책을 발견.

잃어버린 순수함, 그 엷은 기억.

언젠가 이 책을 읽을 누군가를 위해 기록함.'

볼펜의 파란 잉크가 살짝 번져 있었다.

다 세월 탓이다.

그녀는 책에 쓰여 있는 글을 읽은 후에

이 책의 주인이 몹시 궁금해졌다.

아직 두 볼이 발그스름한 학생이었을까,

아니면 사회생활을 몇 년 해보고

모든 게 그리 만만치 않다는 걸 알아버린 사람이었을까.

그녀도 한 때는 책을 사면

그 앞장과 뒷장에 글귀를 적는 습관이 있었다.

앞장에는 몇 월 며칠에 이 책을 샀다는 걸 적었고

맨 뒷장에는 책을 읽고 난 소감이나

책에서 가장 인상적인 구절을 적곤 했던 것이다.

그는 그녀의 이야기를 듣고

"너도 꽤 낭만적인 구석이 있었구나."하고 말했다.

"글쎄, 낭만적이라기보다는 기억에 집착하는 것 아닐까?"

그때는 한 권의 책이 자신에게 어떻게 왔으며

자신에게 무엇을 남겼는지 모두 기록해두고 싶었던 것이다.

"나는 잊고 싶지 않아서 일기를 쓰곤 했거든.

책에 대한 것도 마찬가지야.

한 권 한 권 모두 소중하니까 다 기억하고 싶었어."

사람들이 지나간 자리에 발자국이 남듯이

책들이 지나간 자리에도 흔적이 남는다.

그래서 그것을 기록했던 것이다.

또 그녀는 지금까지도 마음에 드는 구절에

밑줄을 그으면서 책을 읽는다.

다시 그 책을 볼 때는 그 구절이 그녀에게 남긴 것을

되새김질할 수 있게 하기 위해서.

"그래서 나는 항상 색연필을 준비해.

책을 읽다가 색연필로 줄을 긋거든.

볼펜은 좀 단언하는 느낌이고 연필은 머뭇거리는 느낌이라서

색연필이 딱 좋아."

그런데 오래전에 느꼈던 것을 지금도 똑같이 느끼는 건 아니다.

시간의 배를 타면 망각의 바다에 도착하는 법.

밑줄 그은 부분을 다시 읽다가

'내가 왜 이런 데 밑줄을 그었지?'하고 갸우뚱거릴 때도 있었으니까.

그때마다 그녀는 과거의 자신을 다시 들여다본다.

그래서 오래전에 읽었던 책을 다시 읽는 것은

자기 자신에 대한 고고학적 탐사가 된다.

무엇이 우리를 만드는가

그녀가 말했다.

"아, 마음에 드는 대사를 발견했어."

"또 〈본즈〉 봤어?"

"응. 대사가 마음에 들어서, 노트에 받아 적어 놓고 싶었어."

세계적인 법인류학자인 템퍼런스 브레넌 박사는

자신이 쓴 책이 베스트셀러가 되는 바람에

평생 일을 하지 않아도 될 만큼 큰돈을 벌게 된다.

그녀는 그 일을 FBI 수사관이자 단짝 동료인 부스에게 자랑한다.

하지만 부스는 별일 아니라는 듯이 말한다.

"물론 돈이 많으면 비행기 일반석에 타지 않아도 되겠지.

그렇지만 그것뿐이야.

우리가 경험한 일들이 지금의 우리를 만드는 거잖아.

우리들은 살아가는 동안

크고 작은 어려움을 해결해나가면서 성장하는 건데,

돈이 그런 걸 대신해줄 수는 없어."

브레넌 박사는 기가 막힌 표정으로

'일반석에 타지 않아도 된다.'는 것을 다시 강조했지만,

부스에게서 부러움의 감정을 끌어낼 수는 없었다.

"난 그때 이런 생각을 했지.

비행기를 탈 때 어떤 좌석에 앉는가 하는 문제는

큰 차이일 수도 있다고.

10시간 이상을 좁은 좌석에서 몸을 구기고 가다 보면

이코노미증후군에 걸릴 수도 있잖아."

그녀는 농담 삼아 이런 이야기를 했지만

작가가 전달하고 싶은 메시지가 무엇인지 잘 알고 있었다.

그건 그녀 자신의 생각이기도 했으니까.

가끔 드라마 대사를 듣다가

작가가 자신의 머릿속을 들여다보고 쓴 것 같은 느낌을 받을 때가 있다.

작가에게 초능력이 있는 것이 아니라면,

그것은 인간계의 공통의식 같은 것이다.

동시대의 인류는 어느 정도는 비슷한 생각을 공유하면서 산다.

비록 옷깃 한 번 스친 적도 없다고 해도.

"나도 비행기 탈 때 일반석 말고 비즈니스 석에 앉고 싶어.

게다가 나한테는 일반석 표 값도 너무 비싸다고.

그런데 부스 말이 용기를 주긴 해.

어차피 내가 브레넌 박사처럼 큰돈을 번 건 아니니까,

부스 말이 맞다고 생각하는 편이 낫겠어."

그들은 이야기를 주고받으면서

여름이 지나가는 골목길을 걸었다.

낮은 여전히 무더웠지만,

밤이 되자 바람이 달아오른 목덜미를 식혀줬다.

한낮의 더위가 골목 끝으로 꼬리를 감추며 사라질 때쯤

그녀는 이런 생각을 했다.

어릴 때는 어른이 되면

무엇이든 하고 싶은 대로 하겠다고 마음먹곤 했다.

특히 길고 길었던 고등학교 시절엔

그런 희망이라도 품어야 겨우 하루를 버틸 수가 있었다.

그런데 조금 커서 보니, 어른이 되어도

여전히 할 수 없는 것은 할 수 없는 것이었다.

그리고 어릴 때는 몰랐던 어려운 수수께끼도 종종 나타났다.

그런 것들을 하나씩 해결해나가는 것이 인생의 의미라면,

적어도 지금까지는 잘해온 것이다.

아직 힘이 남아 있고, 넘어지면 다시 잘해보자는 생각도 들고,

종종 행복한 기분이 드니까.

바람 한 줄기가 휘 불어와서 머리카락을 날렸다.

골목 끝에 어린 시절의 그녀가 서 있었다.

머리카락을 바람에 휘날리며,

헐벗은 무릎의 상처를 자랑하며.

ORDINARY
DAYS

24.

공항에서

그가 말했다.

"혹시? 맞구나. 오랜만이야."

그녀는 공항 대기실에 앉아 누군가가 이렇게 나타나
그녀에게 말을 건네지는 않을까 하는 상상을 했다.
출장 때문에 일주일 정도 파리에 갔다 와야 했다.
대부분의 출장이 그렇듯이.
시간 여유가 거의 없기 때문에
그녀는 면세점을 구경하는 일에도 흥미가 없었고
자유시간이라고 해봐야 공항에서 대기하는 시간이 전부가 될 것이다.
그냥 쉬고만 싶었다.
생각해보니, 지난 주말까지 하루도 쉬지 못하고
야근을 하지 않았던가.
지친 손가락은 더 길어졌고 턱밑에는 근심이 서렸다.
이렇게 피로에 지쳐 공항에서 비행기를 기다릴 때마다
그녀는 이런 상상을 한다.
'누군가가 나타나서 내 손을 잡고
아무 비행기나 타고 멀리 데려가줬으면.'
탈출구도 끝도 보이지 않는
일상으로부터 벗어날 수 있다면
그런 모험쯤은 아무것도 아니라고 생각되었다.

그만하면 모범생 생활은 오래했다.

최근 들어 그런 인생이 가진 한계를 뼛속까지 느끼고 있었기 때문에

'나에게 필요한 건 영화 같은 극적인 일이다.'

라고 생각했다.

아마 이런 생각을 하는 것은

그 장소가 공항이라는 탓도 있을 것이다.

그녀는 비행기를 타고 어느 나라에 내리든지,

자신에게는 모든 곳이 타국이라는 생각이 들었다.

대신 공항에 있을 때면, 조금 안심이 되었다.

결국 그녀는 공항에서만 자기 자신일 수 있었는데,

그 이유를 우연히 어느 책에서 발견한 적이 있었다.

'공항에서는 모두가 이방인이다.'

모두 이방인인 곳에서는 자신이 이방인이라는 사실이

조금도 불편하거나 거추장스럽지 않았다.

그런 생각에 잠겨 있을 때 옆자리에 앉아 있던 초로의 신사가 말을 걸었다.

"절 알아보겠습니까?"

그녀는 고개를 저었다.

그러자 신사는 지팡이를 약간 들어서 그녀에게 보여주었다.

지팡이 끝에는 황금빛의 올빼미가 조각되어 있었다.

그걸 보고서야 기억이 떠올랐다.

"제가 어릴 때 제 꿈에 자주 나타나셨던 분이죠?

밤마다 오늘은 만날 수 있을까 기대하면서 잠이 들곤 했었어요.

제가 사춘기를 지난 후에는 한 번도 뵌 적이 없었는데.

반가워요."

신사는 지팡이를 살살 돌렸다.

"그 사이에 세상이 많이 변했죠.

드리고 싶은 말이 있어서 왔습니다."

그러더니 노신사는 부드러운 목소리로 말했다.

"어릴 때는 비행기를 많이 타고 싶어 했었죠?

그때는 아가씨가 출장 다니는 사람들을 부러워했던 걸로 기억합니다.

그러니까 꿈을 이루신 거죠."

그 말과 동시에 그녀는 눈을 번쩍 떴다.

옆자리에는 아무도 없었다.

올빼미 지팡이를 가진 신사의 말이 맞았다.

그녀가 기다리고 있던 영화 같은 일은 이미 일어났던 것이다.

꿈이 이뤄졌으니까.

공항의 치밀한 공기 속으로 탑승 안내 멘트가 흘렀다.

그녀는 게이트로 걸어갔다.

새로운 문이 열렸다.

뜨거운 위로와
차가운 위로

그가 말했다.

"불안은 현대인의 병이야."
"그럴까, 그럼 우린 불안으로부터 영원히 벗어날 수 없는 걸까?"
그녀의 반문을 듣고 나서 그는 이렇게 설명했다.

"불안을 잘 관리하면 되지.
그리고 불안한 상태가 다 나쁜 건 아니야.
많은 사람들이 그것 때문에 성공하기도 했으니까.
불안 때문에 더 좋은 사람이 될 수도 있어."
그가 말하는 것이 무슨 뜻인지 모르는 것은 아니었다.
실제로 많은 유명인들이 불안에 민감한 성격 때문에
자신이 성공했다고 말하곤 한다.

그들은 빈틈없이 점검하고 계속 추진할 수 있는 동력을
끝없는 불안에서 얻었다.
어떤 경우, 자신도 모르고 있던 내면의 불안이
문학작품을 통해 드러날 때도 있다.
그녀는 지난밤에 미국의 현대 소설가인
레이먼드 카버의 단편집을 읽었는데,
문장과 문장 사이마다 불안이 숨 쉬고 있었다.

그녀는 카버의 소설을 좋아한다.

처음 읽었을 때보다 두 번, 세 번째 읽었을 때가 더 좋았다.

한 달에 한 번 만나는 독서모임에서

그와 그녀가 유독 친해졌던 이유도 카버의 소설 때문이었다.

두 사람은 카버의 팬을 발견했다는 사실만으로도 놀랬었다.

"어, 난 카버를 좋아하는 사람을 처음 봤어.

항상 카버를 좋아하는 여자를 만나고 싶었는데."

그가 이렇게 말했을 때 그녀는 그를 좋아하게 되었다.

얼마 전 그는 고 박완서님의 수필집에서

레이먼드 카버의 단편에 대한 언급을 읽었다.

박완서님은 카버가 그려놓은 인간관계가

'어쩌면 저렇게 끈적끈적하지 않고 맨송맨송한지,

요새 젊은이들이 지향하는 '쿨'하기가 혹시 저런 건지.'

생각해보셨다고 한다.

"그런데 우리들은 왜 그런 소설을 좋아하는 걸까?"

그의 질문에 그녀가 대답했다.

"그 소설은 거짓말을 하지 않으니까.

아무 가식이나 장식 없이 말하는 사람이 더 큰 감동을 주거든.

말을 적게 하는 건 말로 다 표현할 수 없는 게 있기 때문이야."

고 박완서님은 카버의 단편집을 읽다가

〈별것 아닌 것 같지만, 도움이 되는〉에 이르러선

느닷없는 박진감 때문에 숨 가쁘게 읽으셨는데,

그 단편에서 수십 년 전에 겪은 괴로운 경험을 떠올리셨다고 한다.

카버의 소설은 아들을 잃은 부부의 이야기다.

아들을 잃은 어미가 되는 것보다 가혹한 게 또 있을까.

"카버의 책을 통해 무언의 위로를 받으셨을 거야.

나도 그랬거든."

라고 그녀가 말했다.

그녀는 밤에 홀로 깨어 카버를 읽다가 종종 이런 생각을 했다.

'뜨거운 위로와 차가운 위로가 있다.

나는 차가운 위로를 더 좋아하는 사람이다.'

다시 만날 수 있다면 이별이 그처럼 힘들지 않을 겁니다.

내가 짐작조차 할 수 없는 곳으로 떠난 가족들은

남겨진 이들에게 엄청난 숙제를 주죠.

인생은 그래도 살 만한 건지,

인생이 하찮은 게 아니라는 걸 어떻게 증명할 수 있을지,

그래서 다시 아침을 맞고 밥을 먹고

부질없는 농담을 나누며 웃을 수 있는지……

가장 소중한 사람을 떠나보내야 하는 것이

그것이 인간의 조건이라면

비극이 희극이 될 때까지

계속 걸을 수밖에요.

밤 12시부터
새벽 2시 사이

그녀가 말했다.

"언니, 언니는 하루 중에 언제가 제일 좋아?"

"밤 12시부터 새벽 2시 사이. 그때는 진짜 내 시간 같은 기분이 들어."

그녀와 언니는 하루의 일과를 모두 마치고
라디오를 틀어놓고 방에 나란히 앉아 있었다.
그녀는 학교수업이 끝난 후에 친구들과 어울리다가 들어왔고
언니는 회사일로 조금 바쁜 하루를 보낸 후였다.
언니는 가방에서 무언가를 꺼내더니
그중 하나를 그녀에게 건넸다.
"너도 이것 붙여봐. 아까 지하철 내리다가 눈에 띄기에 샀어.
요즘 날씨가 건조해지잖아.
우리도 남들처럼 피부관리를 해야 한다고."

동생은 마스크 팩을 얼굴에 붙이고는 코를 찡긋했다.
그러자 팩이 얼굴에 더 잘 달라붙었다.
검지로 옆선을 몇 번 꾹꾹 눌러준 후에
라디오 볼륨을 높였다.
"언니, 이거 붙이고 웃어도 돼?"
"응. 이건 괜찮을 걸. 넌 아직 주름 생길 나이도 아니잖아."

라디오에서는 디제이가 알 수 없는 이야기를 한 후에
혼자 숨이 넘어갈듯 웃고 있었고

두 사람은 그 웃음소리를 듣다가 따라 웃어버렸다.

"이런 시간이 좋아.

한가하고 편하니까, 시간이 1분, 1분, 그대로 느껴지거든.

회사에 있을 때는 시간을 느낄 틈이 없어."

하지만 동생은 늘 언니가 대단하다는 생각을 했다.

요즘 취업도 어렵다는데, 원하는 회사에 들어갔으니까.

언니는 어릴 때부터 그랬었다.

어른들이 걱정하지 않아도 알아서 잘하는 아이였다.

"언니, 난 언니가 조금 걱정돼.

언니는 너무 모범생이라서…… 인생을 모를 수도 있어. 안 그래?"

언니는 조용히 웃었다.

"하지만 내가 모범생이 아니었으면,

네가 공부를 더 열심히 해야 했을걸."

그 말은 어느 정도 맞았다.

부모님의 기대는 언니가 다 채워주고 있었기 때문에

동생은 상대적으로 자기가 원하는 대로 살 수 있었으니까.

잠시 후, 동생은 슬며시 잠이 든 언니 얼굴에서

조심스럽게 마스크 팩을 떼어냈다.

내일은 더 좋은 일이 있을 것이다.

지난날

우리가 그리워하는 것은 과거의 어느 순간일까,
아니면 그 시절의 자기 자신일까.

마음의 빛

그녀가 말했다.

"그때 우리는 한 뼘만큼 키 차이가 났지."

우리는 기차 안에 앉아 바깥의 경치를 내다보며

이런저런 이야기를 주고받던 끝에

어린 시절 이야기를 하기 시작했다.

그녀는 외동으로 자랐기 때문에

옆집에 사는 언니와 자매처럼 지냈다고 한다.

그런데 하루는 집에 놀러온 언니와

어머니의 옷을 장롱에서 몰래 꺼내 입어보다가

어머니의 화장대에 달려 있는 큰 거울 앞에 섰는데,

그때 처음 언니의 키가 한 뼘쯤 크다는 사실을 알게 되었다는 것이다.

언니와는 항상 그림자처럼 붙어 지냈기 때문에

그 사실이 그녀에게는 적잖이 놀라운 일이었다.

그녀는 언니와 계속 친하게 지내려면

자신도 언니만큼 커야 한다고 생각했다.

그래서 거울 앞에서 이렇게 생각했다.

"내가 밥을 많이 먹고 부지런히 자라면

내년쯤에는 언니만큼 클 수 있을 거야."

1년 후에 그녀는 다시 옆집 언니와 거울 앞에 서서 키를 비교해보았다.

그런데 그 사이 언니도 자랐기 때문에

여전히 그녀보다 한 뼘이나 커 보였다.

그러다가 그녀의 부모님이 직장을 옮기게 되어서

모두 서울로 올라오게 되었고 그 언니는 다시는 만나지 못하게 되었다.

그녀는 학교에서 신체검사를 할 때마다

해마다 키가 쑥쑥 크는 것을 확인하고 옆집 언니를 생각했다.

언니는 얼마나 컸을까 하고.

"처음엔 내 키가 크는 동안 남들도 큰다는 걸 몰랐었어.

나만 크는 줄 알았어."

어쩌면 우리는 다들 어린 시절의 그녀처럼

자신이 변하는 것은 감지하면서도

다른 사람들은 그 자리에 그대로 있어주기를 원하는 건 아닐까.

그래서 때로는 섭섭해하고 때로는 그들을 외면한다.

내가 자랐듯이, 모든 것이 움직이는데도.

조금씩 자라고 조금씩 변한다.

그래도 우리가 여전히 친구로 남게 되고

여전히 서로를 그리워하는 건

거울에는 보이지 않는 것이 있기 때문이다.

가까운 사람들은 마음의 빛을 나눈다.

그것은 어둠 속에 있을 때도 빛나서 서로를 지켜준다.

소박한 만찬

그녀가 말했다.

"스트레스 쌓이니까 매운 게 먹고 싶지 않아?"

좀처럼 해를 볼 수 없는 날들이었다.
하늘은 계속 비를 뿌렸고 올해는 휴가가 없을 거라는 통고를 받았다.
그래서 그녀와 친구들은 퇴근 후에 약속을 잡았고,
만장일치로 분식점에 가기로 했다.
오래된 아파트 상가, 건물은 그때나 지금이나 허름하고 낮았다.
주말 저녁이라서 그런지
이미 많은 사람들이 건물입구에 줄을 서서 기다리고 있었다.
그렇다고 다른 곳에 갈 수는 없었다.
그 집 떡볶이를 먹는 것이 목적이었으니까.
그녀들은 즉석 떡볶이에 쫄면과 라면 사리를 추가로 시켜놓고
초시계를 보는 심판의 마음으로 음식을 기다렸다.
휴대용 가스레인지 위에서
냄비에 담긴 내용물이 보글보글 끓기 시작했다.
맑은 물에 양념장이 퍼지면서 쫄면이 투명하게 변하기 시작했다.
국물이 자작하게 줄어들자 떡들이 빨간 옷을 입었다.
잠시 후, 그녀는 숟가락을 들어 맛을 본 후에
탄식에 가까운 소리를 냈다.
"바로 이거야. 모든 스트레스를 마감하는 맛.
우린 그동안 이걸 먹지 못해서 일이 잘 안 풀렸던 거라고."

시정이도 맞장구를 쳤다.

"그렇지? 여기 떡볶이한테 당할 건 없어.

내가 고등학교 다닐 때부터 오던 곳인데, 그때나 지금이나 똑같아."

단골 분식점의 익숙한 맛을 더 살려주는 것은

마음이 맞는 친구들이 곁에 있다는 사실이었다.

"여긴 여전히 싸네. 아직도 1인분에 2,500원이야."

"응, 그러니까 이렇게 사람이 많지."

시정이는 만두를 먹으면서 주변을 둘러봤다.

사람들이 누릴 수 있는 즐거움 중에

맛있는 음식을 먹는 즐거움은 단연 순위권을 다툴 것이다.

건물입구부터 으리으리한 고급식당에 갈 필요도 없다.

허름한 재래시장이나 대학가 골목,

또는 옛날 동네 골목에 숨어 있는

손맛이 살아 있는 음식점을 찾으면

저렴한 가격에 미각의 향연을 즐길 수 있으니까.

음식의 가치는 가격에 비례하지 않는다.

이 불공평한 세상에서 그나마 음식은

우리를 평등하게 즐겁게 해준다.

미각의 즐거움은 아침을 알리는 햇살처럼

지난밤 꿈을 잊으려는 사람들을 위한 선물이다.

어떤 독자 분이 저에게 이렇게 물었던 적이 있습니다.

"가장 좋아하는 떡볶이는 어떤 것인가요?"

저는 "어릴 때 학교 앞에서 친구들과 같이 먹던

밀가루 떡볶이만큼 맛있는 건 아직 먹어보지 못했습니다."

라고 대답했습니다.

옛 친구들을 만나서 즉석 떡볶이를 먹으면

그 옛날 작은 골목길, 학교 앞으로 돌아가서

커다란 가방을 작은 등에 매달고

빨간 떡볶이를 집어먹고 있는 기분이 되곤 합니다.

회전목마

그녀가 말했다.

"어릴 때는 회전목마를 타고 사진을 찍었어."

그녀가 꼬마였을 때 부모님과 함께 놀이동산에 갔었다.

그녀는 어머니와 같이 회전목마에 올랐고

아버지는 밖에서 기다리셨다.

어머니는 호박마차에 타자고 하셨고

그녀는 색깔이 가장 예쁜 마차를 골랐다.

그녀와 어머니가 탄 호박마차에 요정이 금가루를 뿌리자,

마차는 천천히 속도를 내기 시작했다.

그러자 조금 떨어진 곳에서 손을 흔들고 계셨던 아버지의 모습이

더 이상 보이지 않게 되었다.

그녀는 고개를 돌려서 뒤쪽을 봤지만

아버지는 곧 사라져버렸다.

'아버지는 계속 그 자리에 계실까?'

마차는 너무 천천히 움직였다.

그녀는 한 바퀴를 다 돈 후에야

아버지가 그곳에 그대로 서 계시다는 사실을 확인하게 되었다.

회전목마는 계속 돌았고, 아버지는 다시 사라졌다.

그런데 아버지는 두 바퀴를 돈 후에도,

그리고 세 바퀴를 돈 후에도, 그 자리에 그대로 서 계셨던 것이다.

그녀는 어른이 된 후에도 놀이공원을 생각할 때마다

그때 봤던 아버지의 모습과 그것이 자신에게 준 의미를 되새겼다.

아버지는 그곳에서 계속 기다리신다는 것.

그녀가 돌고 세상이 돌고 모든 것이 변해도

아버지는 그곳에서 계속 기다리신다는 것.

그녀는 카메라 렌즈를 통해 회전목마를 바라보며 서 있었다.

구름이 느릿하게 흘러갔고

그 리듬에 맞춰 회전목마가 돌았다.

작은 원을 그리며 도는 회전목마는

원 밖에 있는 세상으로부터 자신을 분리해내고 있었다.

회색 세상과 동화의 색깔을 갖고 있는 회전목마.

믿기지 않는 현실과 믿을 수 없는 회전목마의 대비,

그래서 아름다웠다.

우리가 회전목마를 타고 여행할 때,

우리를 기다리고 있는 사람은 누구일까요?

그림책으로 지은 집

그녀가 말했다.

"그림책을 읽다가 잠이 들면, 그 장면이 꿈에 나왔었어."

어린 시절 아버지가 사주신 그림책 전집이 책장에 꽂혀 있었다.
그녀는 그림책을 선물 받은 날부터
화려한 색감을 가진 삽화를 홀린 듯이 보기 시작했다.
그리고 그림책을 적당한 각도로 벌려서 바닥에 세워보고
다른 그림책들도 옆에 세워서 자신만의 공간을 만들기도 했다.
그림책으로 만든 집 안에 들어가서 동그랗게 몸을 웅크리고 누워 있으면
예쁜 그림들이 그녀 곁에 나란히 눕는 것 같았다.
그림책 전집에는 백설공주도 있었고 인어공주도 있었고 정글짐도 있었고
아기 코끼리 덤보도 있었다.
그녀는 그림책을 읽다가 그걸 베고 잠이 들기도 했었는데
이상하게도 다음 날 아침에 일어나면
그림책은 다시 책장에 꽂혀 있었고
그녀는 작은 침대에 누워 있었다.

그러던 어느 날, 그녀의 가족들은 먼 곳으로 이사를 가게 되었다.
이사를 간 곳은 전에 살던 서울 아파트보다 훨씬 더 좋았다.
도심을 벗어난 곳이었기 때문에 마당과 뒷산이 있었고,
동네에 개울도 있었고 나무 열매와 들풀도 많았다.
그녀는 한동안 그림책을 접어둔 채

새로 만난 동네친구들과 소꿉놀이를 하는 데만 정신이 팔려 있었다.

아이들은 그녀가 갖고 있는 소꿉놀이 도구들을 부러워해서

그녀 주변에 항상 몰려들곤 했으니까.

그런데 부모님은 그곳을 좋아하지 않았던 모양이었다.

어머니는 전보다 자주 한숨을 쉬었고

집안에는 무거운 공기가 감돌았다.

그녀는 어른들 세상에서 일어나는 일이 무엇인진 몰랐지만

알 수 없는 불안이 그녀의 작은 손가락 끝에 걸릴 때면

다시 그림책으로 집을 만들기 시작했다.

그리고 그 속에 누워서 작게 노래를 불렀다.

그렇게 그림책과 놀다가 잠이 들면,

종종 그림책의 주인공들이 꿈에 나와서

그녀의 친구가 되어주곤 했다.

특히 아기 코끼리의 등에 타고 하늘을 날았던 날은

꿈속에서도 너무 신이 나서 잊을 수가 없었다.

지금도 그녀는 그 시절에 읽었던 그림책의 삽화들을

생생히 기억하고 있다.

별일이 없었는데도 마음이 불편한 날,

눈을 감고 자리에 누우면

꿈에서 그녀를 등에 태우고 하늘을 날았던

덤보가 떠오르곤 했다.

'덤보처럼 날 수 있으면 좋겠어.'라는 생각을 스무 번쯤 해봤었다.

하지만 인간은 날 수 없으니까,

대신 공항에 가는 꿈을 꿨다.

우리의 마음속에 있는 그림자는 무엇일까.

그것은 모든 것에 대한 두려움이자

존재하지 않는 것에 대한 두려움이다.

장래희망은
홍대 직장인 밴드

그녀가 말했다.

"우리도 신년 계획을 세워볼까?"
2011년이 밝아오는 새벽, 그녀가 이런 제안을 했다.

그때 나는 얼마 전에 있었던 일을 떠올렸다.
학교 친구를 오랜만에 홍대 앞에서 만났는데
그 친구가 나에게 연습실에 같이 가자는 제안을 했었다.
나는 별로 할 일도 없었기 때문에
뉘엿뉘엿 저물어가는 해를 바라보며 친구의 발걸음을 따라
홍대 앞 어느 골목으로 들어섰다.

연습실의 문을 열자 낯익은 얼굴들이 환하게 웃으며,
"와, 이게 누구야! 오랜만이야!"하고 나를 환영해주었다.
친구들은 나에게 앉을 의자를 내어주고 곧 연습에 들어갔다.
그중에는 학교에 남아 공부를 하는 애도 있었고
전공을 바꿔서 직업 화가가 된 애도 있었고
나처럼 평범한 직장에 다니는 애도 있었다.
그런데 친구들은 언제부터 이렇게 모였던 걸까?

나는 일에 쫓겨 사느라 학교 친구들의 소식을 거의 모르고 있었다.
그 사이에 다들 모였었던 거다.
내가 친구들에게 "그럼, 너희들, 나중에 데뷔할 거야?"하고 묻자

다들 빙글빙글 웃기만 했다.

무대에 오른다거나 음반을 낸다거나 하는 특별한 계획이나 목적이 없는

그야말로 취미생활이었던 것이다.

나는 그녀에게 그때 보았던 광경과 내 느낌을 말해주었다.

"그리움이 해일처럼 몰려왔어.

다시 기타를 치고 싶어졌어.

새해에는 기타를 칠거야."

평범한 게 나쁜 건 아니었다.

현재의 생활에 큰 불만이 있는 것도 아니었다.

하지만 밤늦게까지 일하고 돌아오는 날이면

쉼 없이 모래가 빠져나가는 모래주머니가 된 느낌이 들었다.

간신히 마지막 힘을 쥐어짜내 샤워를 하고 잠이 들 때는 새벽 2시,

그리고 다음 날 아침 6시에 일어나서 부랴부랴 세수를 하면

손가락 사이로 모든 것이 빠져나갔다.

지난밤의 슬픔도, 지난밤의 꿈도.

하루가 힘든 건 아니었다.

동료들의 어깨 너머로 농담하고 함께 어울려 점심과 저녁을 먹고

그렇게 지내다보면 모든 것이 무사해보였다.

그런데 간혹 일이 일찍 끝나거나

몸이 좋지 않아서 퇴근을 일찍 하게 되면

그날 하루도 무언가 잃어버리고

지나왔다는 생각이 들었다.

창밖으로 스며드는 달빛이 푸르게 흐느낄 때 생각했다.

지난 시절은 아름다웠다고.

길 도깨비와 천사

그녀가 말했다.

"우리 명동에서 만날까?
참, 지금은 기억이 희미해졌는데, 어릴 때 명동에서 도깨비를 만났어."

초등학교 6학년, 겨울방학 때였다.
그녀는 아이들에게 "우리끼리 영화를 보러 가자."고 제안했다.
태어나서 처음으로 어른 없이 또래 친구들과 명동에 가기로 한 것이다.
아이들은 짐짓 어른처럼 점잖게 굴었다.
그런데 영화를 보고 난 후에 그중에 한 아이가 군것질을 하자고 말했다.
그래서 아이들은 모두 구불구불한 골목길로 한참 들어가서
핫도그를 사먹었고 다시 큰길 쪽으로 나왔다.
그런데 어디서부터 잘못된 것이었을까.
조금 전에 걸었던 거리는 사라지고
완전히 다른 거리가 나타난 것이었다.
아이들 사이에는 불안이 전염되기 시작했다.
"너희, 길 도깨비 얘기 알아?
길을 살짝 바꿔서 사람들이 길을 잃어버리게 만든대."
한 아이가 진지하게 이렇게 말하자,
다른 아이들은 집에 영영 가지 못하는 게 아니냐는 반응을 보이기 시작했다.
불안해하는 아이들에게 그녀는 이렇게 말했다.
"걱정하지 마. 저 모퉁이를 돌면, 버스 정류장이 나올 거야."
그런데 모퉁이를 돌아도, 다른 길로 가 봐도,

집으로 가는 버스가 서는 정류장은 나타나지 않았고

길은 점점 어두워지고 있었다.

그녀는 아이들을 이끌면서 길을 찾고 있었지만

해는 뉘엿뉘엿 지평선을 넘어가고 있었고

아이들 얼굴에는 근심이 가득했다.

하지만 그녀는 태연했다.

"금방 갈 수 있어. 걱정하지 마."

사실 그녀도 내심 조바심을 내고 있었다.

아이들에게 극장에 가자고 제안했던 것은 자신이었으니까

책임감도 느껴졌다.

그때 마침 얼마 전에 TV에서 봤던 〈오즈의 마법사〉가 생각났다.

이야기 속에서는 길 잃은 아이 앞에 천사가 나타났다.

'나한테도 천사가 나타나서 도와줄까?'

마침내 집으로 가는 버스가 서는 정거장이 나타났다.

그 버스는 올 때와 갈 때 서는 곳이 다르다는 것을 그제야 알았다.

아이들은 차례로 버스에 올라서 버스의 뒷좌석에 나란히 앉았는데,

언제 길을 잃은 적이 있었냐는 듯 이내 재잘재잘 떠들기 시작했다.

한 아이는 들뜬 목소리로 다른 아이들에게 말했다.

"우리끼리 영화 보니까 더 재미있지? 다음에 또 오자."

아이들은 영화에 나왔던 악당들의 대사를 흉내 내며 와자지껄하게 웃었고,

그러다가 지쳐서 서로의 어깨에 기대어 잠이 들었다.

그녀는 아이들이 모두 잠든 사이에도 졸음을 참아가며

뿌옇게 흐려지는 창문을 주먹 쥔 손으로 자꾸 닦아냈다.

그렇게 혼자 깨어서 버스 창밖만 내다보고 있다가

내려야할 곳이 나타나자 급히 친구들을 깨웠다.

"애들아, 다 왔어. 내리자."

그녀가 태연한 것처럼 행동했던 것은

다른 아이들을 안심시키기 위해서였다.

아이들은 처음으로 어른들의 도움 없이

명동까지 무사히 다녀왔다는 생각에 의기양양해져서

씩씩하게 버스에서 내렸다.

그녀가 앉아 있던 자리의 김이 서린 창문에는 여전히 그녀가 닦아낸 손자국

이 있었다. 다시 김이 서리면서 그 흔적들은 모양이 점점 변해갔다.

그중 어떤 것은 날개 달린 사람과 비슷해보였다.

그녀는 그때 천사가 나타난다고 생각했다.

나는 그녀의 이야기를 듣고 나서 말했다.

스무 살이 넘어 몇 년이 지나고 나자

내가 가는 길이 맞는 길인지 아닌지 알 수 없어졌다고.

만일 나를 보호해주는 수호천사가 어디선가 나를 보고 있다면

그가 이렇게 말해주기를 바란다고.

"걱정하지 마. 결국 너는 네가 원하는 삶을 살게 될 거야."

언제나 어디서나 다시 돌아갈 수 있는 곳, 나를 기다리는 곳, 그것이 집이죠.

아이들이 거리에서 느꼈던 불안감은

'혹시 집이 사라지지 않을까?' 하는 생각 때문인지도 모릅니다.

어떤 것에 대해 애착이 생기면

그것을 잃어버릴지도 모른다는 두려움도 같이 생깁니다.

수면 밑의 불안을 감지하던 유년기.

우리들은 그때부터 어렴풋이 깨닫기 시작한

인생의 크고 작은 문제들을 해결하기 위해 살아가고 있습니다.

잘 되어가고 있나요?

PAST DAYS

07.

학교 다녀오겠습니다

그녀가 말했다.

"학교 다녀오겠습니다."

이 말을 중얼거리면서 그녀는 집을 나섰다.

그녀는 학교가 아닌 직장에 가는 길이었고,

더군다나 혼자 살기 때문에 그 말을 듣는 사람도 없었다.

하지만 그녀는 언젠가부터 불이 꺼진 방을 향해

'학교 다녀오겠습니다.'하고 말하는 습관이 생겼던 것이다.

어린 시절 그녀의 가족들은

공무원이었던 아버지의 직장을 따라서

지방 소도시의 작은 동네에 살았던 적이 있었다.

집 뒤에는 야산이 있었고

집 앞에는 작은 시내가 흐르고 있었다.

그녀는 그 동네를 좋아했는데

그중에서도 가장 마음에 드는 장소는

작은 시냇가 근처에 있는 공터였다.

그곳에서 그녀는 친구들과 소꿉놀이를 하면서 놀았다.

시냇가는 여름이면 아이들의 물 놀이터로 변했다.

그녀는 시냇물 소리를 좋아했다.

비가 오고 나면 물소리가 더 커졌다.

그 동네를 떠나 아파트 단지로 이사한 후에도

한동안 여름이 되면 '졸졸졸'하는 시냇물 소리가 귓가를 맴돌았다.

지금도 그녀는 그 냇가에서 노란색 수영복을 입고
친구들과 같이 찍은 사진을 갖고 있다.
햇빛이 눈부셔서 그녀는 잔뜩 찡그린 표정을 하고 있었다.
'이때는 참 좋았어. 모든 게 다 좋았어.'
사진을 볼 때마다 그런 생각이 들었다.

그 시절 아침마다 말했던 '학교 다녀오겠습니다.'에는
여러 가지 의미가 담겨 있었다.
나는 지금 학교에 가고, 오후가 되면 돌아올 것이다.
그러면 나를 기다리고 있던 엄마와 동생을 만날 것이다.
엄마는 맛있는 저녁상을 차릴 거고
아빠는 어쩌면 집에 돌아오실 때 통닭을 사오실지도 모른다.
모든 것이 동화 속의 삽화 같았던 그 시절,
그때 가족이 뜻하는 것은
'해가 지면 항상 다시 만나는 사람들'이었다.

서울에서 혼자 산 지 5년이 되어간다.
적응하는 시기는 이미 오래전에 지났다.
서울의 회색 풍경도, 쌀쌀한 서울말투도
이제 그녀의 것이 되었다.
그런데 모든 것이 다 익숙해졌을 때,
갑자기 '학교 다녀오겠습니다.'라고 말하고 싶어졌다.
그녀는 잊고 싶지 않았던 것이다.
자신은 고향에 있는 가족들의 일부라는 걸.

오랜 친구는
만들어진다

그녀가 말했다.

"요즘 여행사진을 보고 있는데, 이젠 풍경이 아니라 사람이 보여."

그녀는 컴퓨터 안에 든 파일들을 정리하다가
우연히 몇 년 전에 찍은 여행사진들을 보게 되었다.
그 속에 있는 친구와 자신, 두 사람은 몇 년 전에
일주일 동안 같이 여행을 했었다.
그리고 그중에 3일은 싸웠다.
그녀는 그때 어찌나 마음이 상했던지,
여행을 다녀온 후에도 친구를 몇 달이나 만나지 않았다.

그날 밤 그녀는 사진을 찍는 친구의 홈페이지에 들어가서
여행사진들을 보게 되었다.
그런데 그중에 한 사진이 유난히 눈에 들어왔다.
사진은 일흔 살은 족히 넘어 보이는 두 할머니를 찍은 것이었는데,
두 분은 나란히 어느 거리를 걸으면서 팔짱을 꼭 끼고 있었다.
그런데 표정은 팔짱을 낀 자세와 조금도 어울리지 않았다.
할머니 한 분은 바로 옆에 있는 친구에게 화를 내고 있었고,
다른 할머니는 자신의 친구를 흘겨보고 있었다.
두 사람은 분명히 싸우고 있는데,
대체 왜 팔짱을 꼭 끼고 있었던 걸까?
아니, 두 사람은 그토록 정답게 팔짱을 끼는 사이인데, 왜 싸우는 걸까?

그녀는 자신이 친구와 다퉜을 때를 다시 떠올렸다.

몇 가지 이유 때문에 자신의 상황을 설명하지 않았더니

친구가 자신을 멀리한다고 오해를 했다.

그런 오해가 반복되자 그녀 역시 섭섭해졌던 것이다.

사람들은 누구나 자신의 상황을 낱낱이 설명하지 않아도

상대편이 다 헤아려주기를 바란다.

하지만 대부분의 사람들은 독심술가가 아니라서

설명하지 않으면 모르기 마련이다.

오랜 친구는 이렇게 만들어진다.

공통의 관심사, 혹은 단순히 지리적 근접성 때문에 자주 만나게 된다.

하지만 항상 좋은 날만 있는 건 아니다.

어떤 때는 친구의 단점만 계속 눈에 들어오기도 하고,

자신은 그들과는 다른 사람이라는 생각이 들기도 한다.

그러다가 한 명이 울컥, 섭섭한 감정을 느끼게 되면

두 사람의 신뢰에는 금이 가고 심하게 다투게 되는 것이다.

하지만 오랜 친구는 훌륭한 이야기들을 공유하고 있기 때문에

서로를 다시 부른다.

삶의 한 페이지마다 숨어 있는 소소한 이야기들,

학교가 끝나고 집에 돌아가는 길에 배추벌레를 만난 이야기,

궁지에 몰린 나를 구해주었던 이야기,

서로의 고민을 털어놓았던 이야기,

나를 위해 울어주고 나를 위해 기뻐해주었던 이야기,

그 많은 이야기들이 친구가 아니면 어떻게 태어났을까.

Beach

그녀가 말했다.

"너 Beach 아저씨 기억나? 얼마 전에 거리에서 우연히 봤어."

Beach는 그녀와 친구들이 자주 가던 학교 앞의 카페였다.

해변의 이미지와는 거리가 먼 곳이었는데.

그런 이름이 붙어 있었다.

사람들은 카페의 이름이 주인아저씨의 농담이라고도 했고,

영화제목에서 따온 것이라고도 했다.

그런데 그곳은 학교 앞에 있던 수많은 카페들과 다른 점이 있었다.

그 가게에는 한 벽면을 가득 채운 CD 컬렉션이 있었으니까.

그리고 스피커도 좋아서 요즘처럼 비가 오는 날이면,

그곳에 가서 음악을 듣는 친구들이 꽤 있었다.

카페는 2층에 있었기 때문에 커다란 유리창이 있는 창가에 앉아서

아래로 지나가는 사람들을 구경하거나,

리포트를 쓰거나 책을 읽으면 시간이 느릿하게 흘러갔다.

손님이 없는 낮에 카페에 가면

아저씨는 음악을 틀어놓고 의자에 비스듬히 기대어 앉아

소설을 읽고 계셨다.

그러다가 손님이 신청곡을 적어서 아저씨한테 드리면 리스트를 죽 훑어보고

그중에 자신의 마음에 드는 것만 들려주셨다.

그리고 자기가 봤을 때 마음에 들지 않으면

손님이 아무리 여러 번 신청해도 틀지 않았다.

그녀와 친구들은 아저씨의 이런 취향에 대한 굳은 신념을

재미있게 생각했고,

서로의 신청곡이 나올지 안 나올지 맞추는 재미로

그곳을 찾기도 했다.

"너, 그거 알아? 그 아저씨가 왜 가게 문을 닫았는지?"

"모르지. 넌 알아? 왜 그런 건데?"

그것은 음악 서클에 전해 내려오는 전설 같은 이야기였다.

당시 어떤 팝송이 CF에 사용되어서 우리나라에서 큰 인기를 얻었는데,

본래 그 노래는 Beach의 아저씨가 좋아하던 곡이었다.

그 팝송은 본래 마니아들 사이에서만 알려졌던 노래였기 때문에,

우리는 그 노래를 들으면 곧바로 Beach와 그 아저씨를 떠올리곤 했다.

그런데 그 노래가 CF에 삽입된 탓에

취객들이 걷는 밤거리 골목마다 삐죽 문이 열린 레코드 가게마다

흘러나오게 된 것이다.

또 가게를 찾는 사람마다 그 노래를 신청했는데,

아저씨는 그것을 무척 싫어했다고 한다.

'이 노래는 진짜 좋아하는 사람만 들어야 하는데……' 라며.

그녀의 설명을 듣고 그는 웃으면서 말했다.

"그래서 가게 문을 닫았다는 거야?

하긴 그 아저씨는 그러고도 남아."

그런데 또 하나의 설명이 있었다.

아저씨가 좋아했던 그 노래는

아저씨의 첫사랑과 관련이 있는 노래라는 것이다.

그래서 아저씨는 특별한 추억이 있는 노래가

모든 이들의 노래방 애창곡처럼 변해버리자 그것에 실망한 나머지

가게에 대한 열정마저 식어버렸다는 설명이다.

그녀와 그는 후자의 설명이 더 마음에 들었다.

낭만적이었으니까.

그리고 아저씨가 섬세한 사람이라는 걸 알고 있었으니까.

섬세한 사람들은 자주 다친다.

하지만 그런 사람들은 다른 사람들이 보지 못하는 것을 보고

느끼지 못하는 것을 느끼며

예민한 촉수를 통해 예술을 창작하기도 한다.

그들은 아저씨가 이젤 앞에 서 있는 모습을 상상했다.

"아저씨는 오래전부터 화가가 되고 싶다고 했잖아.

전공도 미술 쪽이었고.

그때 거리에서 만났을 때 아저씨는 행복해보였어.

다시 그림을 그리신대."

내게 유일하던 것이 모두에게 평범한 것으로 변했을 때

사람들은 조금씩 다치곤 한다.

특히 사랑은.

연필 소리

그녀가 말했다.

"조카가 벌써 학교에 들어갔어.
내 책상을 뒤죽박죽으로 만들어놓던 그 꼬마가."

그녀도 십수 년 전 한 초등학교에 입학했었다.
어쩌면 어머니와 떨어져서 교실에 들어가던 순간
다른 아이들처럼 설렘과 함께 약간의 격리불안을 겪었을지도 모른다.
어머니와 떨어져서 낯선 사람들 틈에 섞이는 곳,
어머니의 결정에 따르지 않고 스스로 무언가를 결정하는 곳,
그곳이 학교였다.
선생님은 키가 컸으며
아이들은 키는 작았지만 짓궂었다.
그녀는 입학식을 한 후 몇 달 간은 거의 매일
학교에 가기 싫다는 생각만 했다.
"오늘은 열이 안 나나? 감기라도 걸리면 좋을 텐데."
아침에 일어나면 이런 생각부터 했다.

새로운 환경에 적응하는 것은
어른이나 아이나 다 힘든 것이다.
그녀는 생각해봤다.
'내가 언제부터 학교를 좋아하게 됐었지?
옆에 앉은 짝과 친해진 후부터였을까?

아니면 선생님한테 칭찬을 들은 후부터였을까?

아니면 학교가 끝난 후에 군것질하는 데 재미가 붙은 후부터일까?'

그녀는 책상에 앉아서 필통을 보다가

그 안에 들어 있는 연필을 꺼냈다.

끝이 뭉툭했다.

왼손으로 조그마한 연필깎이를 잡고

오른손으로 연필을 잡아 연필깎이에 넣고 살살 돌렸다.

그렇게 단정하게 이발한 연필이 나타났다.

그녀는 단정한 연필로 이런 글자를 적었다

'봄. 입학식. 출발.'

그때 그녀는 깨달았다.

자신이 학교를 좋아하게 된 다섯 번째 이유는

연필 소리 때문이었다는 것을.

연필은

바람이 풀잎을 스칠 때 노래하는 것처럼

노트 위를 미끄러지면서 휘파람을 불었다.

사각사각사각……

강아지가 나타났다

그가 말했다.

"너는 왜 강아지를 혼내지 않아?"

그는 강아지가 그녀의 운동화를 질근질근 씹어서

뒤꿈치 부분이 다 해진 것을 막 발견한 참이었다.

그녀는 망가진 운동화를 그냥 쳐다보기만 했다.

"운동화 때문에?

뒤꿈치가 해져서 이제 빈티지가 된 거라고 생각하면 되지.

세상에 하나밖에 없는 운동화가 된 거라고 말이야."

그녀도 처음부터 다 봐줬던 것은 아니었다.

강아지가 처음 집에 왔을 때는

화장실 훈련과 기초적인 예절을 교육시킨다며

빈 페트병으로 바닥을 내리쳐서 쾅쾅하는 소리를 내기도 했다.

'강아지가 달라졌어요.'라는 애견 훈련 교본에

야단칠 일이 있을 때는 페트병을 이용하라고 쓰여 있었기 때문이다.

강아지가 그런 소리를 무서워한다며.

그런데 실제로 해봤더니 강아지는 페트병을 내리치는 주인을

힐끗 쳐다본 후, '주인님도 심심한가?'하는 표정을 짓고는

자기가 하던 일을 계속 할 뿐이었다.

그녀는 소리가 효과가 없자,

가끔 빈 페트병으로 강아지의 콧등을 콩콩 때리곤 했다.

하지만 그때뿐이었다.

한동안 강아지를 훈련시키기 위해

온갖 책을 다 찾아보고 인터넷을 뒤져봤지만

강아지가 기본적인 예절을 익힌 후에는

더 이상 훈련 같은 건 하지 않게 되었다.

다른 이웃에게 피해를 입히지 않는 선에서

강아지의 방종을 허락하기로 했던 것이다.

"왜 마음이 변했던 거야?"

그의 질문에 그녀는 지난 일을 이야기했다.

그녀는 강아지를 한 번 잃어버린 적이 있었다.

키우던 강아지를 잃어버려본 사람들만

그때의 절박한 심정을 안다.

강아지를 완전히 잃어버린 줄 알았던 두어 시간 동안

그녀는 눈물이 고인 눈으로 이렇게 다짐하고 말았던 것이다.

"다신 혼내지 않을 테니까, 제발 딴 사람 쫓아가진 말아줘."

그렇게 다짐하자마자, 강아지가 나타났다.

저 멀리서 혀를 늘어뜨리고 헉헉거리며

그녀 쪽으로 달려오는 강아지를 보았을 때

그녀는 약속을 꼭 지키겠다고 생각했다.

그 녀석은 발이 안 보일 정도로 빨리 달려왔다.

발이 두 개밖에 없는 그녀는

발이 네 개인 그 녀석을 흉내낼 수도 없었다.

그 후로 가끔 강아지가 낮잠을 자다가

다리를 버둥거리곤 했는데,

그녀는 그 녀석이 그때 일을 꿈으로 꾸고 있는 거라고 생각했다.

"미안해. 다시는 널 잃어버리지 않을 거야."

가끔 강아지가 잠꼬대를 하면서 뒤척이면

그녀는 걱정이 되어서 잠을 깨웠다.

혹시라도 길을 잃어버리고 나쁜 사람들한테 쫓기는

악몽을 꾸는 게 아닐까 해서.

강아지가 처음 집에 왔던 날,

가족들이 강아지를 보면서 큰 소리로 웃었던 순간들,

강아지를 잃어버린 줄 알고 동네를 다 뒤졌던 날,

그런 추억들은 쉽게 사라지는 것이 아니다.

잊을 수 없는 추억을 공유하는 존재와

더불어 살아간다는 것,

그것만한 위로가 있을까.

가난한 여행

그가 말했다.

"가장 기억에 남는 여행이 뭐였어?"

"음…… 가난한 여행."

그녀는 얼마 전 컴퓨터에 들어있던 파일들을 정리하다가

몇 년 전 친구들과 같이 갔던 여행사진을 발견했다.

그곳은 춘천이었다.

친구 중에 한 명이 여비가 넉넉하지 않다며

최대한 숙박비를 절약하자고 했기 때문에

그녀들은 다른 곳에 비해 저렴한 펜션에 묵었다.

처음 숙소에 들어섰을 때는

여행지에 도착한 설렘이 사라질 정도로,

그곳이 마음에 들지 않았었다.

다른 건 몰라도 잠은 좀 더 깨끗한 이불이 있는 곳에서

자고 싶었던 것이다.

혹시 친구가 그 사실을 눈치챌까 봐 그녀는 내색하지 않으려고 노력했다.

하지만 다 같이 저녁밥을 지어먹는 동안

기분이 점차 좋아졌고,

맥주를 몇 모금 마시자 대책 없이 기분이 들떠서

어깨가 들썩일 정도로 크게 웃게 되었다.

허름한 숙소 따위, 친구들이 주는 기쁨에 비하면 아무것도 아니었다.

다음 날 아침, 항상 일찍 일어나는 연진이가

그날도 먼저 일어나 친구들의 등을 톡톡 때렸다.

모두들 시간이 벌써 이렇게 됐냐며

허겁지겁 일어나서 세수를 대강하고 밖으로 몰려나갔다.

단 몇 분이라도 잠으로 허비하는 것이 아까웠던 것이다.

호수는 잔잔했고 하늘은 깊었다.

모두들 아름다운 경치에 넋이 나가서

끝없이 종알거리며 카메라로 서로를 찍어댔다.

그 사진들이 컴퓨터 안에서 조용히 잠자고 있었던 것이다.

그녀는 사진을 보면서 자신도 모르게 중얼거렸었다.

'이때 정말 좋았구나.'라고.

그녀는 생각에 잠겼다가 그에게 되물었다.

"너는 어떤 여행이 가장 기억에 남아?"

그는 자신이 경험했던 가장 좋은 여행은

걸어서 했던 전국일주라고 말했다.

제대한 후에 복학하기 전까지 몇 달이라는 여유가 있었는데

그때 무작정 여행을 떠났다고 한다.

믿을 거라곤 튼튼한 다리와 두둑한 배짱밖에 없었다.

중간 중간 여비를 마련하기 위해 아르바이트를 했었는데

그때가 가장 힘들고 가장 좋았던 시절이었다고 말했다.

지금도 그때를 떠올리면 가슴이 설렌다는 것이다.

"또 떠나고 싶어져. 그때 생각만 해도.

여기 심장이 펄떡거리는 기분이 돼."

가난한 여행은 여행의 본래 의미를 그대로 드러내요.

우리는 떠나야 해서 떠난 것이지

다른 이유 때문에 떠난 것이 아니니까요.

거기에는 크루즈도 없고 정찬도 없고 쇼핑백도 없어요.

오직 떠나온 사람만 있을 뿐.

달빛이 눈물처럼
내리던 날

그녀가 말했다.

"할머니, 할머니, 보름달이 나왔어. 꼭 동그랑땡같이 생겼어."

할머니는 이제 갓 초등학교에 입학한 손녀딸의 말을 듣고
하얀 그릇에 새벽에 길어놓은 정화수를 담아서
검은 소반에 올리고 장독대로 나가셨다.
굽은 허리 때문에 할머니의 걸음은 느렸지만
그래서 모든 발걸음이 정성스럽게 보였다.
할머니는 하늘에 떠 있는 둥근 달을 보면서
두 손을 모아 둥글게 둥글게 돌리면서 빌었다.
그녀는 할머니 옆에 서서 할머니가 하는 대로 따라 했다.
할머니가 눈을 감으면 눈을 감고
할머니가 몸을 숙여 절을 하면 절을 했다.
"연수야, 넌 뭘 빌었냐."
할머니는 기도가 다 끝나자 그녀에게 물으셨다.
"그건 비밀이야. 할머니는 뭘 빌었는데?"
"나는 네 아비 일이 잘되라고 빌었지.
어려운 일 다 해결되고, 다시 잘 살라고."
"할머니, 그럼 나도 엄마랑 아빠랑 같이 살게 될까?"
그녀는 괜한 이야기를 했다고 생각했다.

할머니하고 살게 된 후로 그녀는 말을 조심하게 되었다.

아버지나 어머니와 같이 살고 싶다는 이야기를 하면

할머니는 한동안 말이 없으셨기 때문이다.

그녀는 할머니가 서운해서 그런 거라고 생각했다.

"할머니. 난 할머니도 좋아해.

그러니까 할머니랑 엄마랑 아빠랑 다 같이 살게 되면 좋겠어."

할머니와 그녀는 날마다 정성껏 기도를 했다.

보름달이 뜨면 더 열심히 빌었다.

그녀는 그로부터 몇 년이 지난 후에야

부모님과 다시 같이 살 수 있었다.

그 오랜 시간 동안, 달님에게 빌기도 하고,

달님을 미워하기도 했다.

그녀는 세월이 많이 흐른 후에도 보름달을 볼 때마다

그 시절의 풍경을, 책갈피에 꽂힌 그림엽서처럼 선명하게

떠올릴 수 있었다.

할머니의 주름진 손, 할머니 눈가에 고였던 눈물,

보름달 위에 떠오른 어머니 얼굴,

유년기의 한 조각은 동그란 모양이었다.

달 속에 있었으니까.

그녀의 기억 속에서, 달빛은 눈물처럼 내렸다.

선생님,
『이방인』을 읽었어요

그녀가 말했다.

"나는 그때 거의 반사적으로 대답했었어.
'뫼르소요.'라고."

중학교에 입학해서 만난 영어 선생님은
빼어난 미남도 아니었고 재미있는 농담을 하는 분도 아니었지만
그녀를 사로잡는 무언가가 있었다.
그것은 하얀 피부 아래 흐르는 창백한 온기 같은 것이었다.
선생님은 늘 담담히 수업을 진행할 뿐이었고
아이들은 진지한 수업시간이 무료하게 느껴지면
옆에 아이와 쪽지를 주고받거나
창밖을 내다보며 딴청을 피우곤 했었다.
그러던 어느 여름날, 날씨가 눈을 찌를 듯 화창했던 날이었다.
선생님은 영어 교과서를 든 채로 창밖을 한번 쳐다보시더니
"태양이 참 눈부시구나."하고 말씀하셨다.
그리고는 갑자기 까뮈의 『이방인』이야기를 꺼내셨다.
"『이방인』의 주인공 이름이 뭐더라."
그렇게 말씀하셨을 때 다른 아이들은 모두 침묵을 지켰고,
그녀 혼자 조그만 소리로 "뫼르소요."하고 말했던 것이다.
평소 선생님이 지목을 하기 전에는
수업시간에 입을 여는 법이 없는 조용한 성격이었지만,
그때는 자기도 모르는 사이에 저절로 대답하게 되었다.

그런데 선생님은 그 작은 소리를 어떻게 들으셨는지
그녀를 보면서 이렇게 말씀하셨던 것이다.
"응. 맞아. 뫼르소. 그 책 읽었구나?"

그 순간 사춘기를 막 접어든 그녀의 마음속에선
선생님이 자기 말을 들으셨다는 기쁨과
자신의 속마음이 들켰다는 수줍음이 교차했다.
그 시절에는 아무하고도 까뮈를 이야기할 수 없었지만
선생님은 『이방인』을 말했던 것이다!
그 순간의 공감은 그녀에게 큰 기쁨이 되었다.
두근거리는 심장, 귓불까지 빨개진 얼굴,
그녀는 여전히 조용한 학생이었지만.

아주 오랜 시간이 지난 후에,
그녀는 성인이 되어서 다시 까뮈를 읽게 되었다.
그리고 책장 사이에서 영어 선생님을 만났던 그 교실과
곧잘 삐걱거리는 소리를 냈던 교탁과
분필 가루가 날리던 칠판과
도시락을 들고 다니며 먹던 친구들의 웃음소리와
그 시절의 향기를 다시 떠올렸다.
책장은 누렇게 바래서, 보기 좋았다.
우리가 그리워하는 것은 과거의 어느 순간일까,
아니면 그 시절의 자기 자신일까.

과거의 어느 시점을 회상할 때는

그 시점 이후에 겪었던 일들에 대한 부정의 충동이 드러납니다.

과거의 어느 시점에 존재했던 나는 지금의 나와 같지 않은 무엇이었다.

나는 그 이후의 시간 속에서 변질되었다.

지금의 나는 그럭저럭 해나가고 있지만 무언가는 잃었다.

그런데 우리가 이미 지고 있는 짐이 너무 크기 때문에

지나온 길에서 떨어뜨린 것들까지 모두 주워 담을 수는 없죠.

중요한 건 자신에 대한 진실한 믿음.

사막을 걸을 때나 오아시스를 만났을 때나

나 자신이 누구인지 잊지 않는 것.

무지개 위에 있을 때나 폭풍 속에 있을 때나

휘파람을 불며 내일을 보는 것.

추억의 내음

그녀가 말했다.

"사고로 후각을 상실한 사람이 있었대.

그 사람은 그 일 때문에 어려운 일을 겪었지.

맛있는 음식을 먹어도 맛을 못 느꼈고 가스가 새도 알 수 없었거든

그런데 가장 큰 어려움은 망각이 주는 공포감이었다는 거야 .

향기와 연관된 추억들이 다 잊혀져가고 있었거든."

우리는 풀 냄새를 맡으면 어린 시절 놀던 언덕을 떠올린다.

비가 내릴 때 공기를 들이마시면서

오래전 우산을 씌워주셨던 선생님을 생각한다.

새 차에 타면 새 차 냄새가 난다.

그러면 처음 자가용이 생겼다고 시승식을 해주던 친구를 생각한다.

그녀는 사진 찍는 취미를 가지고 있었다.

그리고 자신이 찍은 사진마다 그날 맡은 냄새들을 기록해 두었다.

남자친구의 생일날 찍은 사진에는 스파게티와 와인 냄새라고 썼다.

그와 놀이공원에 갔던 날 찍은 사진에는 솜사탕과 구름 냄새라고 적었다.

또 그녀는 우연히 스파게티나 솜사탕 냄새를 맡을 때마다

그와 함께 했던 추억들을 떠올릴 수 있었다.

그는 글을 쓰는 직업을 갖고 있었는데 이런 이야기를 자주 했다 .

"난 공감각을 가지고 있어.

음악을 들으면 색깔이 같이 보여.

그래서 특정한 색깔이 보이는 음악을 들으면 글이 잘 써지지."

그녀는 좋아하는 음악을 듣는 그의 모습을 찍었다.

그리고 그 밑에 이렇게 적었다.

'종이와 고독의 냄새'

그녀는 비 내리는 날을 좋아했다.

비가 내리면 모든 향기들이 진해졌기 때문이다.

그녀는 언젠가 '비 냄새'라는 사진을 찍을 것이다.

217

아침마다 안경 찾는 남자

그가 말했다.

"또 없어졌네. 안경이 어디 있더라."

그는 아침마다 안경을 찾느라 평균 20분을 보내곤 한다.
태어날 때부터 안경을 쓰고 있던 건 아니었다.
초등학교 다닐 때
안경 쓴 선생님과 안경 쓴 만화주인공이 멋있어 보여서
자신도 눈이 나빠지기를 간절히 바랬었다.
그러다가 기적이 일어났는지 아니면 자연의 섭리였는지,
중학교 때 신체검사를 하다가
시력이 0.3이라는 진단을 받게 되었다.
그런데 안경과 더불어 지내는 시간이 길어지자
콧등에는 꾹 눌린 안경자국이 남았고
불편한 점이 하나 둘 나타나기 시작했다.
라면국물을 눈앞에 두고 시야가 뿌옇게 변할 때마다
이건 뭔가 잘못됐다는 생각이 들기도 했다.

그가 다니던 초등학교에는 공작새가 있었다.
교장선생님이 공작새를 좋아해서 키우셨던 것이다.
그는 그때 선생님에게 이런 이야기를 들은 적이 있다.
공작새의 꼬리가 화려해진 이유는
제우스와 이오, 헤라의 사랑 다툼 때문이라고.

그리스 신화에 따르면 헤라는

제우스가 사랑했던 이오를 감시하기 위해

눈이 100개가 넘는 아르고스를 붙였다.

그런데 제우스는 헤르메스를 보내 아르고스를 죽이고

이오를 구해내게 한다.

헤라는 제우스가 죽인 아르고스의 눈을

자신이 아끼던 공작의 꼬리에 달았고,

그때부터 공작새는 화려한 꼬리를 갖게 되었다는 것이다.

공작새는 신들의 사랑과 질투의 결과로 화려한 꼬리를 얻었다.

사랑의 결과, 공작새의 꼬리에 100개의 눈이 달리다니.

사랑은 이렇게 예측할 수 없는 결과를 낳는 것이다.

'왜 한 번 나빠진 눈은 다시 좋아지지 않는 걸까.

달리기를 열심히 하면 다리가 튼튼해지는데

눈을 회복시킬 방법은 정말 없는 걸까.'

그는 안경을 찾으면서 자신의 지난날을 반성했다.

'그때 TV를 그렇게 앞에서 보는 게 아니었어.'

그러다가 드디어 손끝에 안경다리가 걸리자

그는 안도의 한숨을 내쉬고 학교에 갈 준비를 서둘렀다.

마침 그날은 짝사랑하고 있는 여자애와

수업을 같이 듣는 날이었다.

음속의 속도로 학교에 도착했다.

그 여학생이 앞에서 걸어오고 있었다.

여느 때처럼 쿵하고 심장이 떨어지더니

심장박동수가 급격히 빨라지는 느낌이 들었다.

게다가 그 애가 먼저 그에게 다가오더니

미소를 지으면서 이렇게 말하는 것이 아닌가.

"너, 안경 바꿨네? 이 안경 쓰니까 훨씬 낫다. 멋진데."

그는 자신이 급하게 쓰고 나온 안경이

몇 년 전에 쓰던 것이라는 사실을 그때야 알았다.

그는 휘파람을 불었다.

그리고 그는 안경을 쓴 것이

자기가 태어나서 했던 모든 일 중에

가장 잘 한 일이라고 생각하게 되었다.

'그래, 안경이든 뭐든 눈길을 끌만 한 게 필요했나 봐.'

그리스 신화의 설명과 달리,

진화론에서는 수컷공작새는 암컷의 눈길을 끌기 위해

화려한 꼬리가 필요했다고 설명한다.

공작새에 비하면 그는 행운이었다.

안경 하나로 족했으니까.

그는 휘파람을 불면서 언덕을 달려 내려갔다.

초등학교 운동장에서 정오가 되면 꼬리를 펼치던

공작새를 떠올리면서.

다시 만날 수 있을까?

그가 말했다.

"정원사들은 겸손해질 수밖에 없대.
나무는 사람보다 오래 사니까."

이상한 아이였다.
그녀는 그가 다른 아이들과 달랐기 때문에
그를 관찰하기 시작했다.
그들이 다니던 중학교에는 작은 정원이 있었고
각 반별로 정원이 한 칸씩 배정되어 있었다.
그는 점심시간이 되면 정원에 나와서 물을 주기도 하고
풀을 쓰다듬기도 했다.
그러다가 잡초가 보이면 뽑아내는 것이었다.
그녀는 점심시간이 되면 그가 항상 화단에 가는 걸 보고
그를 따라 화단에 간 적이 있었다.
그는 열심이었다.
마치 세상에 정원과 그만 있다고 믿는 것처럼 보였다.
그녀는 정원에서 키우는 꽃과 잡초를 구분하지 못했기 때문에
그에게 잡초를 어떻게 골라내는지 물어봤다.
그는 그녀를 돌아보더니, 아버지가 가르쳐주셨다고 대답했다.
'이상한 애네. 점심시간에 다른 애들은 모여서 노는데,
화단에 나와서 꽃이나 보고 있다니.'

그도 그녀가 이상하다고 생각하면서 다시 꽃밭으로 눈을 돌렸다.

몇 번인가 그와 그녀는 화단에서 만났다.

그러다가 집에 가는 길에 우연히 만나게 되었다.

"넌 이름이 뭐야?"

"난 수연이. 넌?"

"응, 난 영진이."

두 사람은 그렇게 인사를 나누고

두 갈래로 갈라지는 골목길 앞에서 헤어졌다.

그들이 고등학교에 올라가게 되었을 때,

그는 그녀에게 작은 그림을 선물했는데

그것은 그가 직접 그린 그녀의 초상화였다.

그녀는 그때 그에게 책을 선물했다.

그리고 두 사람은 다른 고등학교에 진학했기 때문에

자연스럽게 서로를 잊어갔다.

얼마 전 그녀는 이삿짐을 싸기 위해 집안물건들을 정리하다가

그에게 받은 그림을 발견했다.

그 그림 속에는 그녀의 어린 시절 모습이 담겨 있었다.

'그는 지금쯤 자기 꿈이었던 정원사가 되어 있을까?

아니면, 화가가 되어 있을까?

둘 다 소질이 많았으니까, 분명히 둘 중에 하나가 되어 있을 거야.'

그녀는 이런 생각을 하면서 그림을 바라봤다.

그녀는 그를 언젠가는 다시 만날 수 있을 거라고 생각했다.

그리워하는 사람들은 그 마음이 서로 연결되어

다시 만나게 된다고 믿었기 때문에.

추억은
버스 정거장에서 멈춘다

그가 말했다.

"오래된 동네가 좋아. 골목길도 좋아. 구불구불할수록 더 좋아."

"사진 찍기 좋아서 그러지?
너 요즘 옛날 골목길 분위기 나는 곳을 다니면서 사진 찍는다며."

두 친구는 옛날 골목길을 걸어가면서 이런저런 이야기를 주고받았다.
초등학교 시절에 살던 동네는 지금도 거의 변한 게 없었다.
길가에 있는 가게들은 간판을 바꿔달았고
새로 생긴 가게도 보였지만,
그때부터 있던 재래시장은 여전히 그대로였고
골목길도 여전히 구불구불했다.
이렇게 집들이 옹기종기 들어선 오래된 골목길은
다리미로 다려서 쫙 펼 수 있는 것이 아니니까.

"어릴 때 이 동네에 살 때 말이야.
저 골목 저기쯤에 앉아 있을 때가 많았어.
엄마가 저녁 먹으라고 날 부르시기 전에,
하늘 색깔이 좋아서 그걸 보려고.
그러다가 모퉁이를 한참씩 보게 됐지."
그녀의 말에 그는 모퉁이를 보면서 카메라를 꺼냈다.
"모퉁이는 왜?"
"응. 모퉁이에서 누군가가 나타나서 날 구해주길 바랬거든.

어렸을 때 난 공상을 많이 했었거든.

그래서 그런 상상을 했나봐.

집안 분위기가 어두웠을 때가 있었어,

지금은 다 지나간 이야기지만."

그녀는 이제 그만 가야 할 시간이라고 말했다.

그는 그녀가 버스에 올라타는 뒷모습을 바라봤다.

20여 년 전에 그녀는 그렇게 버스에 올라타서는 다시 오지 않았다.

그리고 전학을 갔다는 소문이 들렸다.

아마 그녀가 말했던 '모퉁이를 보던 시절'이 그때쯤이었을 것이다.

"잘 가."

그는 혼잣말로 중얼거렸다.

몇 대의 버스가 차례로 도착할 때까지 그는 정거장에 서 있었다.

버스가 멈추면 거기에서 내리는 사람 중에

20여 년 전에 전학 갔던 작은 그녀가 있을지도 모른다고 생각하면서.

추억은 버스 정거장에서 멈춘다.

자전거 바퀴가
두 개인 이유

그가 말했다.

"우리 아빠가 자전거 사주셨어."

초등학교 교실. 왁자지껄한 아이들의 목소리가 교실을 가득 메운
점심시간이었다.
이미 도시락을 일찌감치 먹어치운 남자아이들이
여자아이들의 반찬을 빼앗아먹기 위해 호시탐탐 빈틈을 엿보며
포크를 들고 어슬렁거리고 있었다.
몇몇 여자아이들은 아예 도시락 뚜껑을 닫아 왼손으로 꾹 누르고,
반찬을 꺼낼 때만 살짝 뚜껑을 열면서
경계를 늦추지 않고 밥을 먹었다.
그 와중에 영수의 자전거 자랑이 이어졌다.
색깔은 무엇이고 바퀴는 어떻고……
그녀는 도시락을 먹으면서 말없이 영수의 이야기를 들었다.
아이들은 언제 한번 자전거를 타볼 수 없냐고 부탁했지만,
영수는 단호하게 거절했다.

그날 학교가 끝나고 집에 가는 길이었다.
그녀의 집은 학교에서 좀 멀었기 때문에
아이들과 헤어진 후에도 10분 정도는 혼자 걸어가야 했다.
그녀는 자전거를 생각했다.
그녀도 다른 아이들처럼 멋진 자전거를 갖고 싶었지만
얼마 전 부모님께 졸랐다가 거절을 당했던 것이다.

부모님은 새로 사줄 형편이 안 되니까

오빠의 자전거를 타라고 하셨다.

그녀는 창고에 먼지를 뒤집어쓰고 있는 낡은 자전거를 생각하고

우울해졌다.

"따르릉!"

그때 뒤에서 자전거 소리가 들렸다.

고개를 돌려서 봤더니,

영수가 새로 산 자전거를 타고 천천히 그녀의 뒤를 쫓아오고 있었다.

그녀가 못 본 척하고 앞만 보고 걷자 영수가 옆으로 다가왔다.

"내 자전거 타볼래?"

"넌 아까 아무한테도 안 빌려줄 거라고 했잖아."

"그건…… 다른 애들한테 한 말이야. 너한테는 빌려줄게."

"영수. 너, 나중에 딴소리 하기 없기다."

영수는 그녀에게 언제든 자전거를 빌려주겠다고 강조했는데,

마치 자기 자전거를 타달라고 부탁하는 것처럼 보였다.

"그래, 어서 내 거 타봐.

나중에 내 자전거가 싫어지면 안 타도 돼.

너한테 좋은 자전거가 생기면……"

"이리 내. 한번 타보게."

영수의 자전거를 타고 달릴 때, 바람이 귓가에 소곤거렸다.

그녀는 한 번도 영수의 자전거를 싫어한 적이 없었다.

두 사람은 저녁을 먹기 전까지, 예쁜 노을이 내려오기 전까지

자전거를 번갈아 타면서 동네 골목길을 맴돌았다.

자전거 바퀴는 두 개이기 때문에

바퀴가 멈추면 쓰러지고 맙니다.

자전거 바퀴가 두 개인 이유는,

계속 달리라는 뜻이라고 하죠.

우리는 낯선 스토리의 주인공들입니다.

우리가 가담한 이 이야기의 결말이 무엇인지,

또 이번 이야기가 주는 교훈이나

숨어 있는 목적은 모르지만,

인간은 서로 돕기 위해 살아간다고 알려져 있습니다.

자전거가 쓰러지지 않고 앞으로 나가려면

두 바퀴가 같이 움직여야 하듯,

사람들은 서로에게 의지해 앞으로 나아갑니다.

다행스럽게도 사람들은 서로를 향해 기울어지도록

태어났습니다.

첫눈은 언제 오는가

그녀가 말했다.

"자국눈이라는 말이 있대. 그 말 들어봤어?"

자국눈이라는 말은

'겨우 발자국이 날 만큼 적게 내린 눈'을 말한다.

12월 초에 내리는 눈들은 대개 자국눈이라서

조금 늦게 밖에 나가면 흔적조차 없이 사라지곤 한다.

게다가 만일 진눈깨비라도 내리게 되면

'이것이 눈이다, 아니다.'라는 열띤 논쟁을 불러일으키기도 한다.

그래서 사랑하는 사람과 첫눈이 내릴 때 만나자고 약속을 하면

대개는 '이것이 첫눈일까, 아닐까.'하는 문제로 고민하게 된다.

9월, 해가 성큼 짧아졌을 때,

남자친구는 거리를 걷다가 문득

그녀에게 첫눈이 오는 날 만나자고 말했었다.

그녀는 낭만적인 약속이라는 생각을 하며 그에게 그러자고 했다.

그런데 그날 이후 내내 걱정이 되었던 것이다.

'만일 진눈깨비가 내리면 어쩌지,

그때도 약속장소에 나가야 하나?

만일 눈송이가 조금 떨어지다가 바로 비로 변하면,

그때는 어쩌지? 나갔다가 다시 돌아와야 하나?

첫눈의 기준을 적설량으로 하자고 할까?'

그의 제안은 낭만적이었지만
그녀의 고민은 과학적이었다.

다행히도 그 해 첫눈은 함박눈이었다.
누가 솜뭉치를 뜯어서 하늘에서 뿌리는 것처럼 눈이 내렸다.
눈송이는 둥실둥실 좌우로 춤을 추며 천천히 내려와서
어깨 위에, 머리 위에, 사뿐히 내려앉았다.
그래서 그녀는 약속장소인 인문관 앞 벤치까지 가는 동안
그새 하얀 눈밭으로 변해버린 교정을 걸으면서
'굉장하구나.'하고 감탄했다.
모든 소음이 하얀 눈 속으로 사라져갔다.
세상은 조용해졌고 발자국만 남았다.
그마저 눈이 더 내리면 사라져갈 것이다.
그 해 겨울, 청춘의 시간들은 그렇게 흘렀다.

첫눈은 언제 오는가.
첫눈이 오는 날 만나기로 약속한 사람들이
아무런 망설임 없이 약속장소로 떠나게 될 때,
그때가 첫눈이 오는 순간이다.

남동생을 사랑하는 방법

그가 말했다.

"누나, 지금 치는 음악은 뭐야? 또 베토벤인가?"

남동생은 누나의 피아노 소리를 좋아하진 않았다.
그가 좋아하는 음악은
TV에 나와서 춤을 멋있게 추는 사람들이 부르는 노래였는데
누나가 연주하는 음악은 도무지
시작이 어디고 끝이 어딘지 알 수가 없었으니까.
게다가 그는 책 읽는 걸 좋아했는데
그가 책을 읽으려고 마음만 먹으면
희한하게도 누나가 연주를 시작하는 것이었다.
'누나는 어떻게 내 생각을 알까.
이것 봐, 내가 책 꺼내니까 또 피아노 치잖아.'
남동생이 생각할 때는 누나의 솜씨가 영 탐탁지 않았다.
"누나, 누나가 피아노를 제대로 치는 거야?
피아노 선생님이 뭐라고 안 하셔?"
누나는 연주를 멈추고 동생을 뚱하니 쳐다보더니, 손짓을 했다.
"너, 이리 와서 아무 음이나 눌러봐."
그는 누나 말대로 피아노에 앉아서 되는 대로 화음을 눌렀다.
그러자 놀랍게도 누나는 그 음들을 한 번 듣기만 했는데도
다 알아맞히는 것이 아닌가.
갑자기 누나가 달라 보였다.
누나의 뒤에 후광이 비치는 것처럼 보이기도 했다.

참 이상한 일이었다.

누나가 뛰어난 청음능력을 증명한 후부터

갑자기 누나의 연주가 아름답게 들리기 시작했으니까.

'우리 누나는 정말 천재 아닐까?'

그는 나중에 누나가 유명한 피아니스트가 되어서

많은 사람들 앞에서 연주하는 광경을 상상해보기도 했다.

그때 이후로 그는 누나의 연주에 대해 어떤 비평도 하지 않았다.

얼마 후 그녀는 피아노 연주를 하다 말고 멈추고

남동생에게 물었다.

"요즘은 책을 볼 때도 피아노 소리가 안 거슬려?

잔소리 안 해? 왜 아무 말도 안 해?

너, 나한테 이제 관심 없는 거야? 그런 거야?"

동생은 '다 귀찮아.'라는 식의 표정을 지으면서 벌떡 일어나더니

냉장고에서 물을 꺼내 벌컥벌컥 마시고

소파에 파묻혀 읽던 책을 다시 읽었다.

어느 날, 누나는 색다른 레퍼토리를 연주하기 시작했다.

그것은 동생이 그즈음 막 좋아하기 시작했던

Beatles의 〈Michelle〉이었다.

동생은 책을 읽다가 자기도 모르는 사이에 노래를 따라 불렀다.

"Michelle, ma belle.

These are words that go together well,

My Michelle………"

후각은 기억을 환기시킨다

그가 말했다.

"우리, 학교 앞에 가볼까? 너도 요즘은 통 못 가봤지?"

그와 그녀는 토요일 오후에 학교 앞 거리를 걸어 다니게 되었다.
사람이 많아서 속도를 낼 수 없었다.
발끝에는 거리의 소음들이 채여서 굴러다녔다.
거리는 몇 달 사이에 또 달라져 있었다.
새롭게 등장한 간판이 다른 간판들 틈에서 자태를 뽐내고 있었다.

"여의도는 주말에 한산한데, 여긴 사람들 때문에 걷기도 힘들어.
그런데 기분은 좋다. 학교 다닐 때도 생각나고.
학교 앞에 오니까, 내가 학교를 졸업했다는 걸 확실히 알겠어.
전에는 이렇게 학교 앞을 걸으면
몇 분 간격으로 아는 사람을 만나서 인사했었는데,
지금은 아는 사람이 없잖아."

작은 분식점에 들어가서 두 사람은 김치볶음밥과 오므라이스를 주문했다.
그것은 그들이 학교 다닐 때 즐겨 먹던 음식이었다.
"요즘 집에서 가끔 김치볶음밥을 만들어 먹는데,
그럴 때마다 이 식당에서 먹었던 볶음밥이 생각나.
이런 맛은 집에서는 만들어낼 수가 없거든."

그의 말을 듣고 그녀는 그가 먹던 김치볶음밥을 한 숟가락 떠먹었다.

"응, 나도 이 맛, 기억나."

두 사람은 골목 안에 숨어 있는 음반가게에 들렀다.

"우리가 처음 만났던 곳은 알파벳 L로 시작하는 뮤지션들이 있는 곳,
여기야."

"그렇지. 그리고 수업시간에 또 만났지. 난 네가 처음부터 궁금했어."

그때, 그는 그녀를 수업시간에 발견하고 속으로 만세를 불렀었다.

두 사람은 학교 안으로 들어가서 걷기 시작했다.

그녀는 어디선가 낙엽 타는 냄새가 나는 것 같아서 고개를 돌리곤 했다.

가을 낙엽 태우는 냄새는 그녀가 좋아하는 냄새 중 하나다.

그녀는 깊은 가을이 되면 그 냄새를 맡기 위해

일부러 학생들이 별로 없는 일요일 오전에 학교에 나오곤 했었다.

만일 사진으로 풍경을 기록하듯이, 어떤 것으로 냄새를 기록할 수 있다면
그녀는 이런 냄새의 사진첩을 만들 것이다.

교정에서 낙엽 태우는 냄새.

분식점 김치볶음밥 냄새.

그의 가을 점퍼에서 났던 섬유유연제 냄새.

그의 스쿠터 뒷자리에 탔을 때 맡았던 바람 냄새.

우리의 날들

한 걸음 내딛었다.
앞을 향해 한 걸음 내딛었을 때,
서로를 향해 그만큼 가까워졌다.

내 유년의 가장 완벽한 날

그가 말했다.

"너도 좀 먹어봐. 맛이 괜찮아."

그녀는 그의 손바닥에 들어 있는 씨앗들을 말없이 들여다봤다.

"내가 햄스터니?"

그녀는 어릴 때 집에서 키우던 햄스터가 해바라기 씨만 쏙쏙 골라먹고
다른 사료들을 먹지 않았던 것이 생각났다.

그녀는 햄스터들 때문에 해바라기 씨를 항상 준비해야만 했다.

"너도 〈엑스파일〉 많이 봤었지? 멀더가 이걸 좋아했었어."

"그건 그렇고, 너는 왜 내가 가자는 곳마다 항상 가기 싫어 하니?"

그녀가 묻자 그는 약간 짜증이 섞인 말투로 대답했다.

"너는 회사에 다니니까 그런 곳에 많이 가봤겠지만,

나는 그런 비싼 음식점에 가면 주눅이 들어.

그런 내 모습을 보면, 자존심이 상해."

나이는 그가 많았지만 그녀는 직장생활을 한 지 3년이 지났고

그는 아직도 학생이다.

두 사람이 같이 학교를 다닐 때는 모든 것이 잘 되어갔지만,

그녀가 취직을 한 후에는 관계가 조금씩 삐걱거리곤 했다.

그러다가 그가 졸업을 한 후에 대학원에 진학하면서

두 사람 사이에 이상한 기류가 흐르기 시작했다.

그녀는 그가 취직하기를 바라고 있었던 것이다.

그는 자신의 진로에 대해 그녀와 상의하고 싶지 않았다.

그녀가 원하는 것을 잘 알고 있었기 때문에.

그는 다시 해바라기 씨를 권했다.

이번에는 동의보감 편이었다.

"화 좀 풀어. 해바라기 씨는 심장질환에도 좋고……

그리고 피부에도 얼마나 좋은데."

하지만 그녀는 먹지 않았다.

그녀와 그 사이에는 불편한 침묵이 흐르기 시작했다.

그녀는 집으로 돌아오는 버스 안에서 뒷좌석에 앉아

그날 저녁에 있었던 일을 다시 곱씹었다.

그리고 버스가 동네에 정차해서 버스 계단을 내려설 때,

자신의 행동을 후회하기 시작했다.

'아, 그거였어. 사과였던 거야.'

그가 해바라기 씨를 권했던 것은 이런 의미들이었다.

그녀와 좋은 식당에 드나들 수 있는

번듯한 직장인이 되지 못해서 미안하다,

그녀가 바라는 남자친구가 되어주지 못해서 미안하다 등.

그녀는 잠들기 전에 그에게 문자를 보냈다.

'미안해.'

며칠 후 그녀는 그에게 깡통에 든 해바라기 씨를 선물로 주었다.

"자, 선물이야. 대신 이제 네 별명을 햄스터, 아니 햄돌이로 해야겠어."

그는 고맙다고 말했다.

그날 그녀의 집 앞 골목길을 같이 걸을 때,

그는 그녀에게 처음으로 이런 사실을 말했다.

"어릴 때 우리 아버지가 나하고 야구 경기를 보러 간 적이 있었어.

그날 해바라기 씨앗을 처음으로 먹어봤었어.

그때가 내 인생에서 가장 행복한 날이었지.

아버지는 몸이 아프셨기 때문에 나하고 놀아줄 수가 없었어.

그때 야구장에 다녀온 후에 바로 병원에 입원하셨고

다시는 집으로 못 돌아오셨지.

내가 지금도 기억하는 건, 병원에 계신 아버지의 모습이 아니라

야구장에 갔던 아버지의 모습이야.

이 씨앗을 먹었던 그날 말이야."

그녀는 그의 어깨에 손을 얹었다.

아무 말도 하지 않았지만, 그는 모든 걸 들었다.

두 사람은 믿어지지 않을 정도로 아름다운 노을을 바라보며

한 걸음 내딛었다.

두 사람이 앞을 향해 걸음을 내딛었을 때,

서로를 향해 그만큼 가까워졌다.

너와 나 사이,
거대한 은하

그가 말했다.

"그 말, 안 들은 걸로 할게."

하지만 그녀는 마치 내가 귀가 어두워서 잘 못 들은 것처럼
또박또박 다시 반복했다.
"우리 헤어져. 나는 힘들어."

순간적으로 맥이 탁 풀리면서
이 모든 것이 꿈이면 좋겠다는 생각이 들었다.
다음 순간 그녀와 보냈던 가장 좋은 순간들이 떠올랐다.
마치 하이라이트만 편집한 영화처럼
그것들이 눈앞에 주르륵 펼쳐졌다.
나는 온몸에 힘이 빠져서
손 하나 옮기지 않고, 이렇게 중얼거렸다.
"올 것이 온 건가."
잠보다 더 조용하고, 혜성의 꼬리보다 더 긴 침묵이 흘렀다.

그녀는 내 얼굴을 쳐다봤다.
나는 아무것도 볼 수 없었다.
우리 사이에는 작은 탁자와 두 개의 찻잔이 있었다.
두 개의 찻잔은 불과 30센티미터 정도의 거리를 갖고 있었지만

또 다른 차원에서는 그 사이에 거대한 은하가

몇 개는 들어 있었다.

이제 우리는 억겁의 시간이 흐른 후에야

다시 만날 수 있는 걸까?

내가 자리에 앉은 채로, 다른 은하의 저 끝으로 사라지고 있을 때,

그녀의 목소리가 다시 들려왔다.

"지금 당장 결정하는 게 어렵다면, 서로 시간을 두고 생각해보자."

매일 해가 질 때마다 괴로웠다.

어느 때보다 시간이 느리게 흐르고 있을 때

그녀는 다시 만나자고 말했다.

"미안해. 내가 널 떠날 수 없다는 걸 알았어."

그녀는 내 앞에서 울음을 터뜨렸다.

원망스러운 마음이 들었다.

내가 울 수도 없는 상태가 되었을 때

그녀는 보란 듯이 울음을 터뜨렸으니까.

하지만 이번에도 다독거린 건 나였다.

우리는 그렇게 하나의 강을 건넜다.

이번에는 뗏목이 떠내려 왔지만, 다음에는 어떨까?

불안한 연인들은 종종 자신을 시험한다.

불안이 고개를 들 때
연인들은 무엇으로 그것을 잠재울까요.
간혹 상대편을 향해 화살을 겨눌 때도 있죠.
때로는 나를 더 사랑해달라는 투정이고
때로는 자신을 확인하고 싶은 욕구입니다.
너무 멀리 가진 마세요.

우리 내일도
만날 수 있을까?

그가 말했다.

"말 꺼내기 어려웠어, 아주 많이 생각했어. 넌 날 알잖아."

그렇게 그가 어색한 침묵을 깼다.
그는 조금 전에, 그녀에게 '너를 좋아하는 것 같다.'고 말했던 것이다.
그녀는 생각에 잠긴 표정으로 있다가
그의 얼굴을 물끄러미 쳐다보았다.
'이제 우리는 어떻게 되는 거지?'하고 묻는 것처럼.

그들은 오랫동안 친구로 지내왔다.
그래서 그가 그녀에게 고백을 할까 말까 고민할 때
가장 먼저 한 생각은 이런 것이었다.
'이 말을 하고 나면 우리 내일도 만날 수 있을까?'

몇 년을 친구로 지낸 사이였고,
그와 그녀는 항상 누군가를 사귀고 있었다.
그래서 두 사람은 서로의 연인이 외국에 가 있을 때나
그 연인들이 다른 일에 정신이 팔려 관계를 소홀히 할 때
서로가 서로에게 위안을 주곤 했었다.
사랑의 균열을 메워준 것은 그들의 우정이었던 것이다.
오래된 우정은 롤러코스터 같은 사랑이 줄 수 없는
안전한 휴식을 주었으니까.

그런데 마침 그와 그녀가 각각 사귀던 사람들이

모두 사라지고 말았다.

이유는 달랐지만 아픈 건 마찬가지였다.

두 사람은 서로를 위로해주어야 했다.

연인들은 떠나갔지만

그의 곁에는 그녀가 있었고 그녀의 곁에는 그가 있었던 것이다.

우정이 사랑으로 변하는 순간에도

그들은 알고 있었다.

혼자 있는 것을 더 이상 견딜 수 없을 때,

항상 마지막으로 찾아가던 상대를

사랑이라는 이름으로 잃어버리게 된다면

그것이야말로 재앙이 아닐까.

그는 그녀의 눈빛이 무엇을 말하는지 알고 있었다.

그래서 이렇게 그녀를 다독거렸다.

"한번 해보자. 너에게 더 잘 해주고 싶어.

그러려면 네 남자친구가 돼야겠어."

그는 그녀를 안심시켜야 했다.

그들 사이에 말이 도착하기도 전에, 사랑은 이미 출발했으니까.

그건 구름 위를 걷는 기분

그녀가 말했다.

"처음 연애했을 때 어떤 기분이었어?"

질문을 받자마자 눈앞에서 영사기가 돌아가듯
또렷하게 떠오르는 장면이 있었다.

첫사랑.

그 사람은 그날 유난히 머뭇머뭇했다.

그리고 슬쩍 흘리듯이 커피를 사겠다고 말했는데

나는 그 사람의 표정을 보고 어디가 아픈가 싶어서 걱정이 되었다.

학교 근처에 있는 커피숍에서

그 사람이 좋아한다고 고백했을 때 나는 비로소 깨달았었다.

오래전부터 그 사람을 좋아하고 있었다는 것을.

그리고 다음 날 버스를 탔을 때였나.

나는 말 그대로 내가 구름 위를 걷고 있는 줄 알았었다.

그래서 '구름 위를 걷는 기분'이라는 말은 비유적인 표현이 아니라,

사실을 그대로 묘사한 거구나.'라고 생각했었다.

구름 위를 걸었다.

일주일이 넘게.

어디를 가든지 발밑에는 구름이 있었다.

일주일 정도, 그렇게 둥둥 떠다녔다.

거리를 걸을 때도, 도서관에 들어갈 때도, 학교 앞 서점에 들어설 때도,

늦잠을 잔 날 부랴부랴 버스를 따라잡을 때조차도
입가에서 미소가 떠나지 않았다.
내 발 아래에는 구름이 있었기 때문에.
남들은 아무도 몰랐지만
내 발 밑에는 구름이 있었다.

그녀는 내 이야기를 듣더니 자못 심각한 표정이 되었다.
"그럼, 난 아직 사랑에 빠져본 적이 없는 거구나.
지난여름에 몇 번 봤던 사람은 사랑이 아니었어.
구름은 구경도 못했고,
그 사람 만날 때마다 점점 땅에 발이 딱 붙었어."

사랑에 빠졌을 때의 느낌을 사람들은 이렇게 말한다.
심장이 빨리 뛰고, 설레고, 의욕이 생기고, 자꾸 웃음이 나오고,
세상이 아름다워 보인다고.

그녀는 내게 이런 얘기를 했다.
일곱 살짜리 조카에게 여자친구가 생겼다고 해서
어떤 기분이냐고 물었더니,
자기 가슴과 배 언저리를 가리키면서 이렇게 대답했다는 것이다.
"여기가 간지러워."

좋기도 하고 안타깝기도 하고

아니 좋아서 안타까워지는 감정,

그런 것이 간지러움이다.

사랑의 느낌을 말로 옮기는 것은 어려운 일이다.

사랑은 말보다 더 정직하고, 말하는 순간 그리움을 부르니까.

사람들은 누구나 가끔 유치해질 때가 있어요.

배가 많이 고플 때나

사랑에 빠졌을 때 특히 그렇죠.

가족들이 식사를 하는데 맛있는 반찬이 아주 조금 남았을 때나

친구와 배낭여행을 하는데 오랫동안 배가 고팠을 때는

아무리 가까운 사이라도 유치한 신경전이 오가곤 합니다.

또 사랑에 빠지면 머리부터 발끝까지 유치해지죠.

배고픈 것, 그리고 사랑에 빠지는 것.

둘 사이의 공통점은 무엇일까요.

강렬한 갈망을 느끼게 만든다는 거죠.

배가 고프면 배를 채워야 하니까 음식에 대한 갈망이 생깁니다.

또 사랑에 빠지면 사랑받고 싶은 욕구를 채워야 하기 때문에

사랑에 대한 갈망이 점점 더 생기죠.

물론 배고픈 건 한 끼 식사로 해결되지만.

사랑의 경우는 조금 더 복잡할 때가 많아요.

전화로 다정한 말 한마디를 듣고 나면

얼굴 한 번 더 보고 싶고

그러다가 그 사람이 날 어떻게 생각하나 궁금해지고

이렇게 끝이 없는 갈망 속으로 빠지게 되거든요.

모든 건 간지러움에서 시작되었습니다.

OUR DAYS
05.

뒷모습 I

그가 말했다.

"그때 나는 그녀를 기다리고 있었어.
꼭 온다는 보장은 없었지만.
기다리는 거라도 해야 했어.
뭐라도 해야만 했거든."

오랜 다툼이 있었다.
서로를 좋아하는 건 분명했지만
그들은 잦은 의견충돌 때문에 지쳐가고 있었다.
그의 일이 바빠져서
전보다 그녀에게 신경을 쓸 수 없게 되자
그녀는 그에게 쌓여 있던 불만들을 하나씩 끄집어내기 시작했다.
물론 그는 모두 자신의 잘못이라는 걸 알고 있었지만
그녀가 그냥 눈감아주고 넘어가주길 바랬었다.
하지만 그는 자꾸 야단맞는 아이가 되었고
그녀는 점점 시비꾼이 되어갔다.
"내가 왜 널 괴롭히는 걸까? 난 항상 불만에 차 있어.
이런 내가 너무 싫어."
그녀는 종종 이런 말을 했다.
그런 상태는 두 사람 모두 원하지 않는 것이었지만
어찌된 일인지 그 상태에서 벗어날 수가 없었다.

어느 가을날, 그는 그녀에게 다시 시작할 수 없겠냐고 제안했다.

"처음으로 돌아가자. 우리가 서로를 무조건 감싸주던 때로.

그렇게 할 수 없을까?"

"난 이제 자신이 없어. 널 미워하는 게 습관이 되어버렸어.

우리, 시간 좀 갖자."

그녀는 얼마 후 정식으로 이별을 알렸다.

그는 더 이상 그녀를 만날 수 없을지도 모른다고 생각하자 아득해졌다.

그녀 없는 삶은 더 이상 자신의 삶이 아니라는 생각마저 들었다.

그래서 그녀에게 이런 제안을 했다.

"우리 여행 가자. 전주로. 비빔밥 먹고, 걸어서 돌아다니고,

그렇게 하면 네 생각이 바뀔 거야."

전화로 그렇게 말한 후에,

대답을 하지 않고 전화를 끊은 그녀를

시외버스 터미널에서 기다렸다.

한 시간이 지나도 그녀는 오지 않았다.

두 시간이 지나도 그녀는 오지 않았다.

세 시간이 지났을 때,

그녀에게 다시 전화를 걸 용기가 없어서

그는 집으로 돌아오고 말았다.

그녀는 터미널에 나타났었고,

그의 뒷모습을 한동안 몰래 보고 서 있었다.

마음 같아서는 그의 손을 잡고 당장 시외버스를 타고 싶었고,

어떤 곳이라도 좋으니 먼 곳에 가서,

평생 그와 함께 하고 싶었다.

그런데 알 수 없는 무엇이 그녀의 발을 묶어두었다.

단지 한마디일 뿐인데, '나 여기 왔어.'라는 말을 할 수가 없어서,

한참을 서 있다가 집으로 돌아왔다.

그리고 한동안 방문을 열지 않았다.

그것은 어느 가을날에 있었던 일이다.

그 후 가을 하늘이 파랗게 물들면,

그녀는 시외버스 터미널에 앉아 있던 그의 뒷모습이 떠올라

마음이 트곤 했다.

사랑하는 사람의 뒷모습을 바라보는 건 쓸쓸한 일이다.

OUR DAYS

06.

뒷모습 Ⅱ

그녀가 말했다.

"등을 돌리고 앉아 있는 모습이 정말 비슷했어."

그녀는 얼마 전 낯선 시외버스 터미널에서
서울로 오는 버스를 기다리고 있었다.
지방 출장이 잦은 일이었기 때문에
기차나 고속버스, 시외버스를 타는 일이 많았다.
워낙 출장을 자주 다니다보니,
터미널에서 어떤 사람을 보면
그 사람이 여행을 떠나는 사람인지,
아니면 고향 집으로 가는 사람인지,
아니면 사무실에서 다른 사무실로 출장을 가는 사람인지
알아맞힐 정도가 되었다.

충청도의 어느 작은 도시,
오래된 시외버스 터미널의 적당히 낡은 가게와 소박한 플라스틱 의자,
어릴 때부터 보아오던 익숙한 풍경들을 보자
안도감 비슷한 감정이 들었다.
그녀의 어머니는 여행을 좋아해서 방학이 되면 그녀를 데리고
시외버스 터미널에서 시외버스 터미널로 옮겨 다니며 시간을 보냈던 것이다.
터미널 안의 가게에서 생수를 집어 들고 계산을 하는 순간
그녀의 눈길은 앞에 있는 의자에서 멈췄다.

그와 뒷모습이 똑같은 사람이 앉아 있었던 것이다.

2년 전에 헤어진 그였다.

지금은 어디서 무엇을 하는지 전혀 알 수 없는 사람,

그는 완벽한 타인이 되었다.

'그 사람은 여행을 참 좋아했었는데.'

그는 어릴 때부터 여행하는 사람이 되고 싶었다고 했다.

그리고 세계일주 비행기 티켓을 끊어서

전 세계를 구경하는 것이 꿈이라고 말하곤 했다.

그녀는 한동안 그 사람을 물끄러미 쳐다봤다.

'만일 그 사람이 맞으면 어떻게 해야 할까.'

아는 척을 해야 할지, 모르는 척을 해야 할지, 알 수 없었다.

후줄근한 출장용 옷차림도 신경 쓰였다.

하필 이런 순간이란 말인가.

잠시 후, 그 사람이 고개를 옆으로 돌리자 얼굴의 윤곽이 보였다.

그가 아니었다.

우선 안심이 되었고, 아주 약간 실망감이 찾아왔고, 곧 쓸쓸해졌다.

'그래, 그 사람은 여기에 없어.'

다시 한 번 이런 자각이 들었다.

그 사람은 갔다, 내 곁에 없다, 우리는 타인이다.

터미널에는 버스가 들어오고 나갔다.

사람들은 오르고 내렸다.

무수한 사람들, 무수한 행선지.

사람들은 각자의 길을 가다가 교차점에서 만났다.

의자에 앉아 기다리던 사람들은 또 하나의 버스에 올랐다.

그녀 또한.

개와 주인은 닮아간다

그가 말했다.

"너는 누굴 많이 닮았어?"

그녀는 망설이지 않고, 이렇게 대답했다.

"엄마."

그리고 곧 이어서 이렇게 설명을 덧붙였다.

"어릴 땐 아버지를 더 닮았었어.

그런데 요즘은 친척분들이 나를 보면

'자라면서 네 엄마를 점점 닮아간다.'고 말씀하시더라고.

아무래도 내가 여자라서 그렇겠지?

아니면 엄마하고 쇼핑도 같이 다니고, 엄마랑 극장에도 가고,

그렇게 엄마랑 더 많이 시간을 보내서 그럴 거야."

그때 그들은 한 장의 흑백사진 앞에 서 있었다.

그것은 미셸 반던 에이크하우트라는 사진작가의 작품으로

〈벌거벗은 개〉라는 제목의 사진이었다.

에이크하우트는 대부분의 작품에서 개를 소재로 택할 정도로

개를 좋아했다고 한다.

그런데 단순히 개를 찍은 것이 아니라

강아지와 주인의 교감을 사진에 담았다.

강아지를 품에 껴안고 있는 사람은

한눈에 봐도 그 강아지를 지극히 사랑하는 주인으로 보였다.

강아지는 왼쪽으로 고개를 돌린 채 눈을 감고 있었고

사람도 같은 방향으로 고개를 돌린 채 눈을 감고 있었는데

그 둘은 생김새도 비슷했지만

그 순간에 얼굴에 떠오른 표정이 그림처럼 닮아 있었던 것이다.

주인과 강아지를 서로 닮게 하는 것은 무엇인가?

그것은 그들이 같이 보낸 무수한 시간들이다.

그 사진은 셔터를 누르는 찰나와 같은 순간에 탄생되었지만,

사진에 남은 것은 많은 시간들이었다.

이런 것이 사진이 부리는 마술이다.

그가 혼잣말을 하듯 작은 소리로 물었다.

"우리도 나이가 들면 이렇게 서로 닮게 될까?"

그녀는 대답 대신 그를 살짝 껴안았다.

일요일 오후, 전시회장 안에는 많은 사람들이 있었다.

그들 중에 어떤 사람들은 서로 닮아갈 것이다.

시간은 흐르고 사람들은 닮아간다.

이야기 속 사진 : Vanden Eeckhoudt, 〈Naked Dog〉, 1993

초콜릿 상자가
필요한 순간

그녀가 말했다.

"초콜릿이 생겼어. 같이 먹을래?"

지연은 그녀가 건넨 초콜릿을 살펴봤다.

"이건 고급 수제 초콜릿이잖아, 누가 줬어?"

"내가 샀어. 선물로 받았으면 더 좋았을지 모르지만,

하지만 어때. 누가 샀던지, 먹을 때 맛있으면 되는 거지."

초콜릿은 카카오 콩으로 만든 음료에서 유래한 음식이다.

카카오는 남아메리카 아마존 강 유역이 원산지인데,

멕시코의 아즈텍 족은 카카오나무의 열매인 카카오 콩을

신이 내린 선물이라고 불렀다.

카카오 콩은 화폐 대신 사용되기도 했다.

카카오 10알로 토끼 한 마리를 살 수 있었고

100알로는 노예를 살 수 있을 정도였다고 하니까

카카오 콩이 얼마나 귀한 물건이었는지 알 수 있다.

그녀는 초콜릿을 먹으면서 테이블 위에 놓인 찻잔을 만지작거렸다.

"우리는 초콜릿을 먹을 때마다 신에게 선물을 받는 거야.

특별한 음식이지."

"그런데 넌 왜, 갑자기 초콜릿을 샀니?

게다가 이렇게 비싼걸."

"응. 나에게도 좋은 일이 생겼으면 해서.

초콜릿을 먹으면 집중력이 높아지고 노화가 예방되고……

그리고 슬픔도 이길 수 있다고 하잖아."

지연은 그녀가 무엇을 말하고 있는지 알고 있었다.

그녀에게 가족이라곤 오빠 단 한 사람만 있었다.

그런데 몇 달 전 그 오빠가 사고를 당해 세상을 떠났던 것이다.

부모님 없이 자란 그녀는 오빠가 세상을 떠나자

모든 것이 다 사라진 느낌이라고 말했었다.

완벽한 외톨이가 되었기 때문에

세상도 다 사라졌다고.

"난 수줍음이 많은 아이였어.

어릴 때 실이 끊겨서 하늘로 올라가는 연을 보면서 생각했어.

나 같다고.

실이 끊어지면 저렇게 하늘로 날아가 버릴지도 모른다고.

나를 세상에 단단히 붙잡아둔 것, 그 질긴 실이 오빠였어.

그런데 그게 끊어진 거야.

졸지에 우주미아가 됐어. 슬프기보다는 두려웠지.

아마 이 두려움이 사라지면 더 슬퍼지겠지."

어떤 종류의 슬픔은 쉽게 사라지지 않는다.

쉽게 사라지지 않는 슬픔을 상처라고 한다.

마음은 상처를 통해 회복된다.

지연은 다음 날 더 크고 화려한 초콜릿 상자를 사왔다.

아이들이 탕약을 먹은 후에 사탕을 입에 넣는 것처럼

두 사람은 지난 일을 이야기하며 초콜릿을 먹었다.

단 것이 필요한 순간이었다.

초콜릿이라는 이름의 마취제, 혹은 다정한 마음.

연인들의 머리 위로
비가 내릴 때

그녀가 말했다.

"무슨 생각 하니?"

"목도리가 참 따뜻하다."

그녀는 크리스마스 선물로 직접 짠 손뜨개 목도리를 나에게 주었었다.
크리스마스 전에 미리 주어서 늘 목도리를 목에 두르고 다녔는데
12월치고는 날씨가 따뜻해서 이마에 땀방울이 하나 둘 생기고 있었다.
우리는 학교 도서관에서 일찍 나와서 함께 저녁을 먹고
빈자리가 있는 카페를 찾아서 2,30분을 걸어야 했다.
크리스마스 이브였기 때문에 모든 카페가 다 만원이었다.

마침내 조금 구석진 곳에 있는 카페를 발견했고
우리는 창가에 있는 자리에 앉을 수 있었다.
주문을 받는 사람은 우리에게 '메리 크리스마스.'라는 인사를 했다.
처음 보는 사람들도 이렇게 즐거운 인사를 주고받을 수 있는 건
크리스마스가 우리에게 준 선물 중 하나다.
메리 크리스마스, 메리 크리스마스,
마음이 가난한 자도 행복해지기를.

찻잔이 내 앞에 놓이는 순간
고개를 돌려 창밖으로 지나가는 사람들을 쳐다보았고
무심코 이런 생각을 했다.
'내년 크리스마스에도 난 지금처럼 행복할까?'

그때 주머니에 손을 넣고 있다는 사실을 다시 깨달았다.

'언제 손을 꺼내야 할까?'

주머니에서 손을 꺼내야 할 시간이었다.

"눈을 감고 손바닥을 여기 올려봐. 내가 선물을 줄게."

그녀가 눈을 감고 손바닥을 펼치자

나는 그녀의 네 번째 손가락에 반지를 끼워주었다.

"이건 내가 준비했던 선물이야."

그녀는 반지를 보고는 환하게 웃으면서 좋아했다.

나는 알고 있다.

지금 우리는 가장 좋은 시기를 맞고 있다는 것을.

그녀는 나를 보면 아이처럼 웃고

내가 실수를 해도 모른 척 눈감아 준다.

나를 바라보는 그녀의 표정을 보면

그녀가 나를 얼마나 사랑하고 있는지 잘 알 수 있다.

그녀의 눈빛을 볼 때마다 나는 가슴이 따뜻해진다.

하지만 나는 비가 어떻게 내리는지 알고 있다.

모든 것이 완벽한 순간이 지나고 나면

연인들 머리 위에 비가 내리기 시작한다.

그때 우린 비를 잘 피할 수 있을까.

그녀의 가는 손가락 위에서 빛나는 반지를 보며 생각했다.

'이 순간이 영원하길.

날 보는 너의 그 표정이 영원하길.'

즐거운 파티는 다 지나고 난 후에도 생생하죠.

그래서 좋은 시절이 가고 나면 상실감을 느끼게 되고 아프기 마련입니다.

모든 것이 영원하지 않다는 것을 알아버린 사람은

좋은 시절을 다시 만나게 되면

본능적으로 자신을 방어하려고 합니다.

이것을 잃게 되면 자신을 또 잃게 되니까.

그리고 그것이 어떤 것인지 잘 아니까요.

모두 조금은 마음 아픈 사람들.

비가 내릴 때는 어떻게 할까요.

이사의 좋은 점 I

그녀가 말했다.

"인터넷에 방 내놓으신 분, 맞죠?"

그는 살짝 비음이 섞인 그녀의 목소리를 듣고

'이 사람은 어떻게 생겼을까.' 궁금해졌다.

그녀가 초인종을 눌렀을 때는

살짝 떨리기까지 했다.

현관문을 열자, 긴 머리를 하고 다소곳이 서 있는,

귀엽게 생긴 20대 중반의 여자가 서 있었다.

왼쪽 어깨에 메고 있는 가방이

그녀의 몸에 비해 너무 커 보였다.

"가방 좀 들어드릴까요?"

그런 상황에서 어울리는 말은 아니었지만,

그는 무심코 그렇게 말해버렸다.

그녀는 밝게 웃고는 괜찮다며 사양했다.

"이 집은 원룸치고는 전망이 꽤 좋아요.

집 보러 다녀봐서 아시겠지만,

대부분의 원룸은 앞이 다른 건물에 막혀 있잖아요.

이렇게 탁 트인 집은 없다고요.

그리고 이쪽이 남쪽이라서 햇볕이 잘 들어요.

이런 원룸은 다신 만날 수 없을 겁니다."

그녀를 설득하는 그의 말에는 도를 넘는 적극성이 들어 있었다.

그녀는 그의 설명을 들을 때마다 고개를 끄떡였고,

욕실 문을 열어보고 다시 닫았다.

"마음에 드세요?"

그가 다시 묻자, 그녀는 "네."하고 짧게 대답했다.

그는 원룸에서 방이 하나 더 있는 집으로

이사를 가려는 참이었다.

그래서 방을 원룸 직거래 사이트에 올렸는데,

몇 명에게서 연락은 왔지만

대부분은 와보겠다고 해놓고 나타나지 않았다.

그러다가 마침내 그녀가 나타났던 것이다.

그는 그녀의 전화를 받았던 날, 태어나서 처음으로 기도를 했었다.

"그녀가 이 집으로 이사 오게 해주세요."

이유는 단순했다.

그녀가 이사 오게 된다면, 다시 그녀를 볼 수 있으니까.

이사의 좋은 점 Ⅱ

그녀가 말했다.

"여기 살던 분, 맞으시죠?"

그는 그녀의 목소리를 기억하고 있었다.

전화를 받자마자 그는 목소리가 떨리는 것을 막으려고

일부러 헛기침을 했다.

"흠! 네, 제가 살던 원룸으로 이사 온 분인가요?"

그러자 그녀는 그렇다고 대답했다.

"저기요, 편지가 몇 통 와 있는데요,

이 편지를 보내드릴까요?"

그녀는 이렇게 친절한 사람이었던 것이다!

그는 고맙다는 말을 몇 번이나 하면서

편지를 찾으러 직접 가겠다고 말했다.

그녀를 괜히 번거롭게 하긴 싫다고

애써 핑계를 대면서.

다음 날 그는 직장에서 15분 일찍 퇴근해서

전에 살던 원룸으로 향했다.

그녀는 그에게 현관문을 열어주면서 그동안 모아두었던 편지를 건넸는데,

예쁘게 웃으면서 이렇게 말하는 것이 아닌가.

"편지도 편지지만, 사실은 또 보고 싶어서 전화했었어요."

그는 순간 멍해져서 그녀를 바라봤다.

그 역시 그녀를 다시 만나기 위해

일부러 이전 주소로 가짜 편지를 계속 보냈기 때문이다.

'이건 운명이구나.'

그는 가방을 뒤졌다.

"선물이 있어요.

이거 제가 다니는 출판사에서 나온 건데요. 선물입니다.

저…… 저도 다시 보고 싶었어요."

이것은 동화 같은 이야기일지도 모릅니다.

동화 같은 이야기는 없다고 생각하면 없고,

있다고 생각하면 있게 됩니다.

순간에서 영원으로

그녀가 말했다.

"조금 왼쪽으로. 응, 그래, 거기 서 봐. 자, 찍는다. 하나 둘 셋."

그는 그녀가 들고 있는 카메라 렌즈 앞에

무방비 상태로 서 있었다.

그는 카메라 렌즈가 야수처럼 자신을 노려보는 것 같아서

사진 찍는 것을 별로 좋아하지 않았지만

그녀를 위해서라면 몇 분간의 어색함은 얼마든지 참을 수 있었다.

그녀가 그에게 다가오더니 카메라를 건네주면서 말했다.

"자, 이젠 날 찍어줘. 잘 찍어야 돼, 알았지?"

하늘은 따뜻한 봄의 햇살이 산산이 부서져,

소름이 끼치도록 아름다웠다.

꽃들은 서로 지지 않으려는 듯이

경쟁적으로 꽃봉오리를 터뜨리고 있었다.

꽃봉오리들이 품고 있던 아름다움이

개화와 더불어 하늘로 올라가서

천사들을 기쁘게 해주는 것,

그것이 봄이다.

그녀는 그가 섰던 자리로 가서

다소곳하게 손을 모으고 방긋 웃었다.

그런데 그녀의 얼굴이 애써 환하게 웃기 시작할 때,

마음속에는 미묘하고 불쾌한 진동이 일고 있었다.

'이제 정말 봄이겠지?

우리가 다시 헤어지는 일은 없겠지?'

1년 전 이맘 때, 그와 그녀는 헤어졌었고,

겨우 며칠 전에야 다시 만날 수 있었다.

누가 먼저랄 것도 없이 '보고 싶었다.'고 말할 정도로

두 사람은 서로를 그리워하고 있었다.

그 말은 곧, 그만큼 힘들었다는 것이다.

어떻게 보낸 1년이던가.

어떻게 다시 찾은 행복이던가.

그녀는 그를 다시 만난 후, 마음속으로 빌고 또 빌었다.

이 봄이 영원히 계속되길.

지금 찍는 이 사진처럼,

이 순간이,

어디로 향하고 있는지 알 수 없는 이 찰나가,

그대로 멈춰주길.

다시 만난 연인들은, 흘러가는 시간을 영원히 붙잡기 위해,

셔터를 눌렀다.

'찰칵'하는 순간, 그들은 하나의 기록을 남겼다.

지금 우리는 무사하다.

인생은 예기치 못한 장애물을 계속 넘어야 하는 장애물 경주.
기댈 것은 역시 사랑이죠.
이것은 새로운 이야기도 아니고 거창한 이야기도 아니지만
아무도 부인할 수 없는 사실입니다.
우리들이 험한 산길을 걸어 올라갈 때,
또는 캄캄한 밤길을 혼자 걸어갈 때,
나를 사랑하고 있는 사람이 있다는 생각이
비바람에도 꺼지지 않는 등불이 되어주니까요.

그와 그녀의 봄날

그가 말했다.

"우리 같이 좀 걸을까?"

두 사람은 학생 식당에서 방금 밥을 먹은 후였고
날씨는 따뜻했으며 하늘은 맑았다.
그러니 걷지 않을 이유가 하나도 없었던 것이다.
그리고 한 가지 이유를 덧붙이자면,
올해 들어 처음으로 낮 기온이 영상으로 넘어갈 때쯤
두 사람 사이에는 봄날의 씨앗 같은
싱싱한 감정이 생기기 시작했다는 점이다.
그렇게 해서 그들은 학교 뒷산을 걷게 되었다.

'이 사람도 날 좋아하나보다.'하는 자각이 막 생기기 시작했을 때
그 사람과 어깨를 나란히 하고
따뜻한 봄 언덕을 걷는 것보다 더 좋은 순간은 없을 것이다.
그는 심장이 빨리 뛰는 것 같기도 하고
배가 간지러운 것 같기도 하고
손가락이 떨리는 것 같기도 했다.
그래서 그는 그녀에게 이런 말을 건넸다.
"나는 네가 웃는 모습이 참 좋았어."
그녀가 환하게 웃자, 눈가에서 햇살이 부서졌다.
"고마워, 난 너의 눈이 예뻐서 좋아."

마침내 두 사람은 학교 뒷산의 정상부근까지 올랐다.

약간 숨이 찬 것 같아서

그들을 그 자리에 잠시 서 있기로 했다.

두 사람은 같이 걸어온 길을 되돌아봤다.

낯익은 교정, 분주한 신입생들,

그리고 수많은 나뭇잎 사이로 반짝이는 햇살들,

그는 순간 바람 한 줄기가 귓바퀴를 지나갔다고 생각했다.

그는 말했다.

"우리 나중에 여기 다시 오자.

1년 후에. 그리고 2년 후에도…… 해마다 오자."

그날 두 사람에게는 최초의 기념일이 생겼다.

언덕을 내려올 때 두 사람은 처음으로 손을 잡았다.

크리스마스의 기적

그녀가 말했다.

"전화기가 고장인가?"

그녀는 기다리는 전화가 있었다.

몇 달 전쯤 친구들 모임에서 우연히 알게 된 남자애가 있었는데

그 애가 처음 만난 자리에서 그녀에게 이렇게 말했던 것이다.

"저기요, 이름이 어떻게 되세요? 자꾸 보고 싶게 생기셨어요."

처음에는 농담을 하는 줄 알았지만

그 애의 표정이 자못 진지해서

다음 순간에는 '이 사람 선수인가?'하는 생각을 했다.

그리고 한 달 정도 후에 친구들 모임에서

또 그 남자애를 만나게 되었다.

그날 그 남자애는 그녀 옆에 자리를 잡고 앉아서 계속 이야기를 걸었다.

그녀로서는 별 관심이 없는 건축 이야기와 문학비평 이야기,

그리고…… 좀 뜬금없는 이야기도 했다.

"구두를 오래 신으려면 바른 자세를 가져야 하거든요.

구두 바닥을 들여다보면 자세가 어떻게 잘 못 됐는지 알 수 있어요.

제가 좀 봐드릴까요?"

그녀는 손사래를 치며 그 남자애를 밀어냈다.

그런데 모임이 파할 때가 되자 그 남자애가 다시 옆에 앉았다.

그리고 연락처를 알려달라더니

자신과 영화 한 편만 보면 안 되겠냐고 묻는 것이었다.

그녀는 그 애가 싫지는 않았기 때문에 서로 전화번호를 교환했다.

그 후로 가끔 문자를 주고받는 사이가 됐는데

그는 보통 아침, 점심으로 이런 문자를 보내왔다.

'굿모닝. 춥네요, 단단히 입고 나가세요.'

'점심은 잘 드셨어요? 즐거운 하루되세요.'

그녀는 그의 평범한 문자내용에 한숨을 푹푹 쉬다가

또 문자를 기다렸다가, 그렇게 시간을 보냈다.

그런데 어느 날 사무실에 있을 때 그에게서 이런 문자가 왔었다.

"우리 크리스마스 이브에 만날까요?"

그녀는 잠시 고민했다.

'내가 이브를 과연 이 지루한 사람과 보내야 하나?'

그때 직장상사가 그녀가 제출했던 서류에

사소한 하자가 있었던 걸 발견하고

그녀의 책상 앞으로 와서 버럭 신경질을 내고 갔다.

그러자 갑자기 데이트 제안을 승낙해야겠다는 생각이 들었다.

"오케이."

문자를 보내자 그는 다시 답이 없었다.

드디어 만인이 손꼽아 기다리거나 지하로 숨고 싶어지게 만드는
21세기 지상 최대의 이벤트, 크리스마스가 하루 앞으로 다가왔다.
그녀는 데이트를 제안해온 그 남자애의 전화를 기다리고 있었다.
"아니, 왜 다시 연락이 없는 거야?
약속을 제대로 정하지도 않았는데.
이 사람, 여기저기 문자 보내서 약속을 한 박스 잡아놓은 거 아닐까?
내가 크리스마스 대비 어장관리용인가?"

치르르… 치르르…
그 애였다.
그녀는 휴대전화를 들고 한 번 심호흡을 한 후에 전화를 받았다.
"내일 영화표 예매하려고요. 어떤 영화 볼까요?
설마 잊은 건 아니죠?
제가 내일 데이트 하자고 했었잖아요."
그 목소리를 듣고 깨달았다.
이 남자애는 연애해본 적이 별로 없다는 걸.
선수는커녕 숙맥이었던 것이다.
그녀는 태연한 척 대답했다.
"네, 깜빡 잊고 있었어요. 그럼, 내일 만나요."

그녀의 크리스마스에 기적이 일어났다.
아마도, 착한 일을 많이 했기 때문에.

저는 이상한 사람이 아니거든요

그가 말했다.

"이 음악 좋아하세요?"

첫차부터 막차까지 하루 종일 사람이 붐비는
지하철 2호선 안이었다.
그는 2호선을 타고 학교에 가는 남자다.
그날 오전 9시, 그의 옆자리에 앉은 여자가 귀에 이어폰을 꽂고
MP3 플레이어로 음악을 듣고 있었다.
그런데 이어폰과 그녀의 귓구멍 사이의 작은 틈으로
그에게 익숙한 멜로디가 솔솔 새어나오고 있었다.
MGMT의 〈Time To Pretend〉.
그는 말을 걸지 않을 수가 없었다.
같은 시간에, 지하철 2호선 안에서 MGMT의 음악을 듣는 사람을
몇 명이나 만날 수 있을까 말이다.
행운의 여신이 준 굉장한 선물이 눈앞에 있는데,
말을 걸지 않고 그대로 지나치면 두고두고 후회할 것 같아서
그는 말했다.

그녀는 조금 당황하며 이어폰을 빼더니, 이렇게 되물었다.
"역삼역이요?"
'아, 난청이구나. 이어폰 때문에 생긴.'
그는 속으로 이렇게 생각하면서 미소를 지었다.

"MGMT 소리가 들리네요. 그런 음악을 좋아하세요?

저도 좋아하거든요."

그녀는 얼굴을 약간 붉히면서 수줍게 웃었고,

그 순간 그는 그녀의 발그스름한 볼에 반하고 말았다.

하지만 그는 조금 긴장했던 탓인지

이런 진부한 말을 꺼내고 말았다.

"저, 이상한 사람 아니거든요."

그리고 다음 순간,

그는 그 말로 인한 이미지 손상을 만회하기 위해

좀 더 인상적인 이야기를 해야겠다고 마음먹었다.

"그냥 MGMT 듣는 여성분은 처음 만나서, 반가워서 그랬어요.

그런데 역삼역 다음 역이 어딘지 아세요?"

그녀는 멀뚱멀뚱 그를 쳐다봤고 그는 정답을 알려줬다.

"모르시나 본데요. 역사역이죠."

그녀가 웃는 것을 보고 그는 조금 안심하면서

자신의 옷차림을 마음속으로 점검했다.

오늘따라 새로 산 재킷이 그렇게 고마울 수가 없었다.

그는 수업 따위는 잊어버린 지 오래,

그녀를 따라 홍대입구역에서 내렸고

두 사람은 나란히 걷기 시작했다.

그리고 커피를 사 들고 산책을 이어갔다.

그는 산책하는 동안 자신의 22년 인생을 정리해서 말하겠다고 했다.

어디서 태어났고 어떻게 자랐고

하루는 어떻게 보내고 무엇을 좋아하는지

다 이야기하는 데

커피를 내리는 시간보다 조금 긴 시간이 걸렸다.

그녀는 그동안 계속 웃었다.

늦은 오전의 햇살이 두 사람의 어깨 위에서 부서져 발끝에 채였고,

그중 한 조각이 땅에 떨어졌다.

그 위에 봄이 내려앉았다.

낯선 사람에게 자신이 지금까지 살아온 이야기를 다 하는 데

몇 분의 시간이 걸릴까요?

만일 SF 영화에 나오는 것처럼

내 머릿속에 있는 기억들을 상대방의 머리로 그대로 옮길 수 있다면

그렇게 하고 싶어질까요?

사랑에 빠진 사람은 무의식적으로 상대편이 보고 싶어 하는 것만

보여주려고 노력합니다.

그 사람이 내 모습 중에서 싫은 모습을 발견하고 실망하거나 상처받게 될까 봐

걱정하기 때문이죠.

OUR DAYS
16.

그녀는 없었다

그가 말했다.

"그게 꿈이었을까. 나는 얼마 전에 그녀를 봤어."

그는 도서관에서 웹서핑을 하다가 우연히

좋아하는 연주가들의 재즈 공연을 발견했다.

그것을 보고 그는 무심코 중얼거렸다.

"그래, 이 공연을 보는 게 좋겠어."

그날따라 공기가 무거운 탓이었을까.

목에 가시가 걸린 것처럼 답답한 기분이었다.

오랫동안 준비하고 있는 시험 때문만은 아니었다.

그는 자리에서 일어나 바깥 공기를 마시러 나가다가

도서관 로비에서 익숙한 얼굴을 만났다.

평소에 잘 따르는 후배 K였다.

"형. 좀 괜찮아? 많이 여위었네. 형이 걱정되더라."

만나는 사람들마다 그를 걱정했다.

그는 도리어 그런 시선이 부담스럽다는 생각이 들어서

사람들이 많이 모이는 자리에는 가지 않으려고 했었다.

그러다 보니 점점 더 그의 안부를 걱정하는 사람들이 많아진 것이다.

그는 그녀를 잊을 수 없었다.

그녀를 잊는 건 불가능했으니까.

차라리 해나 달을 잊는 것이 더 쉽겠다고 생각했다.

얼마 후 K와 공연장을 찾았다.

공연장에 불이 꺼지자,

구부정한 모습의 재즈 연주가들이 무대로 걸어 나왔다.

호흡하는 것처럼 연주하는 그들,

한없이 아름답고 어처구니없게 슬픈, 황홀하고 눈부신 음악이었다.

우리는 왜 아름다움을 느낄 때 슬픔을 같이 느낄까.

시야가 뿌옇게 흐려졌다.

그때 무대 위 합창석에 그녀가 앉아 있는 것이 보였다.

'설마, 그녀는 지금 외국에 있는데…… 여기에 올 리가 없잖아.'

한동안 멍하니 있다가 다시 눈을 비비고 그 자리를 바라보자,

그곳에는 빈 의자만 있었다.

그녀는 거기에 없었다.

17.

길 위에 있는 사람들

그녀가 말했다.

"정말 깜깜하다. 왜 국도는 이렇게 깜깜한 걸까?"

이렇게 멀리 올 생각은 아니었다.

자동차의 시계는 새벽 2시를 넘어서고 있었다.

그녀는 43번 국도를 따라 1시간째 운전하고 있었다.

외진 곳으로 접어들자 가로등이 거의 없어서

자동차가 비추는 헤드라이트만 의지해서 앞을 봐야 했다.

불빛이 미치지 않는 공간, 그 미지의 어둠을 의식하자

순간적으로 한기가 느껴져서 CD 플레이어의 버튼을 눌렀다.

그때야 비로소 자신이 아무것도 듣고 있지 않다는 사실을 깨달았다.

다음 순간 그녀는 조심스럽게 액셀을 밟았다가

속도계가 한 칸 높아지자, 다시 발을 떼었다.

'빨리 갈 필요 없잖아. 저 앞에서 날 기다리는 사람도 없으니까.'

그녀가 한밤중에 자동차를 몰고 나온 것이 이번이 처음은 아니었지만

이렇게 먼 곳까지 오게 된 것은 처음이었다.

그냥 멍하니 침대에 누워서 언제 올지 알 수 없는 잠을 기다리자니

가슴이 죄어오는 느낌이 들어서

점퍼 하나만 걸치고 자동차에 올랐던 것이다.

그런데 동네를 벗어나고, 도시를 벗어나자,

멈추거나 돌아가기 싫어졌고

그대로 앞으로만 가고 싶었다.

새로운 이정표가 나타나자 그녀는 다시 중얼거렸다.

"정말 미안해. 어쩌면 내일은 너한테 연락할지도 모르겠어."

조수석에는 이미 그의 흔적조차 없었지만

그녀는 늘 그 자리에 앉았던 그의 부재를 향해 말하고 있었다.

사람들은 두 가지 종류의 대상을 향해 말한다.

그 사람을 향해. 혹은 그 사람의 부재를 향해.

사람들은 두 가지 목적지를 향해 차를 몬다.

저곳을 향해. 혹은 이곳이 아닌 곳을 향해.

어떤 사람들은 오로지 그들이 있는 곳에서 벗어나기 위해

운전석에 앉는다.

하지만 그들은 결코 어떤 곳에도 도착하지 못한다.

그것이 도로가 항상 차들로 붐비는 이유이다.

떠나지만 도착할 수 없는 사람들.

그런 사람들이 도로를 점령하고 있다.

언젠가는 그들도 알게 될지 모른다.

그토록 애타게 벗어나고 싶었던 건

결국 자기 자신이었다는 걸.

우리는 길 위에 있는 사람들.

빨리 달리면 달릴수록 도착지에서 멀어지는 사람들.

그림자를 밟고 늪을 건너서 언덕에 오르면

그때야 깨닫게 됩니다.

내가 지금까지 달려와 도착한 곳은 내가 출발한 그 자리였다는 걸.

그녀가 울던 날

그가 말했다.

"그만 울어."

그는 그녀가 울기 시작하자
몸서리쳐지는 한 줄기 냉기가 배를 뚫고 지나가는 느낌이 들었다.
그는 오래전에도 이런 기분을 느낀 적이 있었기 때문에
'이게 뭐더라?'하고 생각했다.
그날 그녀는 평소와 다름없었다.
그런데 단골 백반 집에서 같이 밥을 먹을 때
느닷없이 훌쩍거리며 울기 시작했다.
그에게 그것은 갑자기 사거리 한복판에서 일어난 교통사고처럼,
너무 생생해서 오히려 현실감이 없는 광경이었다.

그는 그녀를 집까지 바래다주고 지하철역에 가서 막차를 탔다.
막차라서 그런지 사람들이 꽤 많은 편이었는데
모두 한결같이 무거운 표정을 하고 있었다.
그는 달리는 지하철에 서서
앞으로 나아가지 못하고 다른 길로 들어서지도 못하는
자신의 처지에 대해 생각했다.
'벌써 여러 번 떨어졌으니까, 지칠 만도 할 거야.'
그는 큰 시험을 준비하고 있었는데
여러 해에 걸쳐 계속 실패를 거듭했던 것이다.

그는 그날 그녀를 울게 만든 것이 무엇인지 알고 있었다.

그녀의 부모님들은 혼기가 찬 그녀에게

맞선을 보라고 강요하고 계셨다.

그녀는 그를 당장이라도 자신의 집에 데리고 가고 싶지만

시험에 합격해서 번듯하게 내세울 것이 있을 때

가야 한다고 말했었다.

부모님이 사람을 판단하는 기준은 그것뿐이라며.

지하철역에서 빠져나와 집까지 걸어오는 동안

밤공기가 너무 차서 귀가 아프기 시작했다.

그는 묵묵히 걸었다.

귀가 아픈 것쯤은 문제가 아니었다.

배 속을 뚫고 지나가고 있는 냉기가

훨씬 더 견디기 힘들었으니까.

그런데 집에 돌아와 따뜻한 방에 들어섰을 때도

그 냉기는 가시지 않았다.

그는 그때서야 그것이 무엇인지 깨달았다.

이별을 앞둔 사람의 불안이었다.

오래전에 힘껏 대항해봤던 적도 있었지만

이것은 본래 처치할 방법이 없는 녀석이다.

그는 그저 배 속의 냉기가 잠잠해질 때를 기다리며

책상 앞에 앉아 모니터를 바라봤다.

이별에는 미리 울리는 알람이 작동하죠.

이별을 부인하고 싶은 강렬한 충동,

예정된 이별을 막을 수 없다는 생각에서 오는 좌절감,

혼자 남는 것에 대한 두려움.

그리움이 모두 증발할 때까지 창문을 열어두어야 한다는 사실.

이별은 항상 쉽지 않고,

이별에 대한 내성도 좀처럼 생기지 않습니다.

이별이라는 사건이 일어나면

누구나 자신의 일부를 잃은 사람이 되니까.

오래전 그날

그가 말했다.

"기억나니? 중학교 때, 너희 집에서 생일 파티 했었는데."

"알아. 그때 네가 준 책 아직 갖고 있어.

삐뚤빼뚤한 글씨로 카드도 써줬잖아."

그녀가 열다섯 살이 되던 해, 생일이 일주일 정도 남은 어느 날이었다.

어머니는 '이번 생일 때는 친구들을 집에 불러오렴.

엄마가 음식 차려놓고 외출할 거야.'하고 말씀하셨다.

그녀가 다니던 학교는 남녀공학이었기 때문에

남학생 중에도 친한 아이들이 있었지만

남자애들까지 집에 부르는 건 좀 망설여졌었다.

그런데 어머니는 이어서 이렇게 말씀하셨던 것이다.

"남학생들도 다 불러. 네 친구가 누군지 엄마도 보고 싶으니까."

생일날 집에 모인 아이들은 모두 여덟 명.

어머니는 아이들의 이름을 부르면서 하나하나 기억했다.

그리고 커다란 잔칫상에 요리가 담긴 접시를 가득 담아놓으시고

외출을 하셨다.

아이들은 음식을 먹기 전에

자신이 준비한 선물들을 그녀에게 건넸다.

하나씩 포장지를 풀 때마다

노트, 일기장, 볼펜, 다이어리, 인형 등등이 나왔다.

그는 다른 아이들이 선물을 주기를 기다렸다가

맨 마지막에 그녀에게 책 한 권을 주었다.

"이건 내가 좋아하는 책이야. 너도 읽어 보면 좋을 것 같아서……"

살짝 흐려지는 말꼬리.

그는 수줍어하는 성격이었다.

어머니가 차려주신 음식을 먹고 나자

모두들 배가 너무 불러서 거의 움직일 수도 없게 되었다.

그중 두세 명은 소화제를 먹어야 할 정도였으니까.

아이들은 창문을 열고 조금 쉬다가

모두 거실에 둘러앉아 카드 놀이를 했다.

밤이 되자 어머니가 집에 돌아오셔서

'아이들은 다들 잘 놀다 갔니?'하고 물으셨다.

'응. 선물도 이렇게 많이 받았어.'

어머니 앞에서 선물을 꺼내 자랑했었다.

추억에 잠겨 있던 그녀에게 그가 물었다.

"그 책은 마음에 들었어?

네 생일이 지나자마자 내가 전학 가게 돼서,

그동안 못 물어봤잖아. 늘 궁금했었어."

"응. 읽었지. 재미있었어."

사실 그녀는 그 책을 그때 이후로 몇 번이나 읽었었다.

헤르만 헤세의『지와 사랑』.

책 속의 두 주인공, 나르치스와 골드문트는 다시 만난다.

그는 대학에 진학한 후에 어떤 여학생을 사귀게 되었다.

그리고 그 여학생과 헤어진 후

자신이 진심으로 그리워하고 있는 사람이 누군지 깨닫게 되었다.

그리고 마침내 그녀의 연락처를 알아내서

전화를 했던 것이다.

만나기 전에는 한편으로 두려웠다.

자신의 감정이 이미 존재하지 않는 것에 대한 환상일까 봐.

하지만 그녀의 눈동자는 여전히 맑았고

그 투명한 창으로 마음까지 들여다보였다.

"눈동자는 변하지 않는 거구나. 그리고 넌 여전하구나."

그는 그녀에게 손을 내밀었다.

그녀는 조심스럽게 벙어리장갑을 벗고 그의 손을 잡았다.

손이 따뜻해서,

두 사람은 오래전부터 손을 잡고 있었다고 생각했다.

그리움이
산처럼 일어났다

그가 말했다.

"이러다 졸면 큰일인데."

깊은 밤, 고속도로를 혼자 달리는 중이었다.

일주일 전부터 잠을 제대로 자지 못했기 때문에

깜깜한 밤에 두 시간 이상 운전을 하자 눈꺼풀이 자꾸 내려왔다.

거의 헛것이 보일 지경이 되자, 큰소리로 자신에게 말했다.

"야, 성진아, 잠 깨자!"

그는 창문을 내리고 라디오를 컸다.

라디오 채널에선 익숙한 목소리의 디제이가 이야기하고 있었다.

"저 사람은…… 그래…… 그녀가 좋아하던 디제이야."

그녀는 심야 라디오 프로그램을 좋아해서

라디오 프로그램이 시작하기 전까지는 집에 들어가곤 했다.

그는 처음엔 그런 그녀를 이해할 수 없었지만,

고등학교 시절부터 시작된 자취생활이 그녀에게 남긴 흔적이라는 걸 알고

자신도 집에서 라디오를 듣곤 했다.

한 번은 그녀의 생일을 앞두고 장문의 사연을 썼다.

그날 그녀는 방송을 듣고, 울먹이는 목소리로 전화했었다.

"방송 들었어. 고마워서 눈물이 나와. 너무 고마워.

그런데 미안해. 내일 너를 만날 수 없어서.

내일 만나서 이야기하려고 했었는데,

도저히 내일 만날 수 없을 것 같아서."

인생은 어처구니가 없어서 비극적이다.

하필 그가 보낸 신청곡이 라디오에서 흘러나왔을 때

그녀는 이별을 결심하고 있었으니까.

벌써 2년 전 일이다.

창문을 열어놓고 속도를 높이자

옆 차선에서 달리는 자동차가 일으키는 바람이

그의 등짝을 후려쳤다.

'난 아직도 여기서 뭘 하고 있는 거지?'

그는 휴게소에서 차를 세우고 그녀에게 전화를 걸었다.

"여보세요?"

그녀의 목소리가 들려오자

꾹꾹 누르고 있던 그리움이 산처럼 일어났다.

EPILOGUE

우리는 하늘을 날았다

그가 말했다.

"나는 어릴 때 하늘을 날 수 있다고 생각했어."

"나도 그랬는데! 우린 비슷한 점이 많구나!"

그녀는 먼저 그의 이야기를 들어보기로 했다.

그는 어릴 때 골목길을 걸을 때

삐죽 튀어나온 보도블록에 걸려서 넘어질 뻔한 적이 있었다.

그때 균형을 잡으려고 몸을 재빨리 움직이는데

아주 짧은 순간 동안 몸이 붕 뜨는 느낌이 들었던 것이다.

"진짜 하늘을 날았던 건 아니고,

지나가던 아저씨가 날 낚아챘던 거였어.

그런데 거기서 끝난 게 아니었지."

얼마 후에 그는 동화책을 읽었는데

그 책은 하늘을 나는 사람에 관한 이야기였다.

책 속의 사람도 우연히 돌부리에 걸려서 넘어질 뻔 했는데

그때 몸이 붕 떠올라서 하늘을 날게 되었다는 것이었다.

"그 책을 읽고 나서

한동안은 내가 하늘을 날 수 있을지도 모른다고 생각했어.

그래서 날아보려고 일부러 넘어진 적도 있었고."

그녀는 폴 오스터의 소설 『미스터 버티고』를 읽으면서

어린 시절에 자주 했던.

하늘을 나는 공상을 다시 한 번 떠올린 적이 있었다.

그 책에서 주인공은 오랜 기간에 걸친 혹독한 지옥훈련 끝에

하늘을 나는 사람이 되었었다.

그는 어릴 때 하늘을 나는 꿈을 자주 꾸곤 했다.

그 꿈들은 굉장히 생생해서

하늘로 몸이 솟구칠 때의 설렘과

다시 아래로 떨어질 때의 전율이

꿈을 꾸고 난 후에도 고스란히 남아 있었다.

더 이상 그런 꿈을 꾸지 않게 되었을 때,

얼마나 그 꿈을 그리워했는지 모른다.

그는 노란 은행잎이 쌓인 길에서 그녀에게 말했다.

"난 꿈에서 날아봐서 그게 얼마나 재미있는지 알아.

하지만 우리는 눈을 감은 꿈속에선 날 수 있지만

눈을 뜬 채로는 날 수 없잖아.

설사 날 수 있다고 해도,

폴 오스터 소설에 나왔던 것처럼

아주 힘든 과정을 겪어야 할 거야.

딱 한 경우만 제외하고.

난 널 처음 봤을 때도, 하늘을 나는 기분이었거든."

그는 그날을 바로 어제처럼 기억하고 있었다.

하늘은 언제나 날 수 있는 게 아니니까.

이 원고는 〈라디오 천국〉이 끝나가는 것을 아쉬워하는 사람들을 위해
처음 만났던 날을 기억하자는 뜻으로 썼던 글입니다.

그녀가 말했다 아직 끝나지 않은 이야기

지은이 김성원　**사진** 밤삼킨별(김효정)

펴낸이 김종길　**펴낸곳** 인디고

책임편집 이은지　**디자인** NO STRESS 민유경(minyk602@naver.com)

편집부 임현주, 이은지, 이경숙, 홍다휘

디자인부 정현주, 박경은

마케팅부 김재룡, 박용철

홍보부 윤수연

관리부 이현아

출판등록 제 7-312호

주소 (132-898) 서울시 도봉구 창4동 9번지 한국빌딩 7층

전화 (02)998-7030(대표)　**전화** (02)998-7924

이메일 bookmaster@geuldam.com

페이스북 www.facebook.com/geuldam4u

블로그 http://blog.naver.com/geuldam4u

초판 1쇄 인쇄 2011년 12월 15일　**초판 7쇄 발행** 2014년 3월 1일

정가 13,800원

ISBN 978-89-92632-41-6 03810